한 번쯤 내 이야기를 쓰고 싶었다

여자,
에세이를 만날 때

Woman,
When You Meet
The Essay

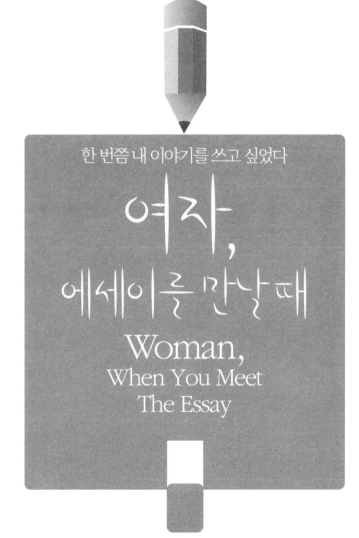

한 번쯤 내 이야기를 쓰고 싶었다

여자,
에세이를 만날 때

Woman,
When You Meet
The Essay

2019년도 1월, 오픈채팅방을 만들었어요. 어떤 이름으로 지을까 고민하다가 BBM(book, binder, mindmap)이란 약자로 결정했어요. 책 읽는 사람들이 모이고 3P바인더라는 도구로 시간 관리를 하며, 마인드맵으로 생각 정리까지 하는 멋진 커뮤니티를 꿈꿨어요. 직업도 다르고 사는 곳도 다른 사람들이 모이니 이야기가 탄생했습니다.

매일 각자 자신의 자리에서 최선을 다해 살지만, 위로받고 싶은 순간이 있잖아요? 누군가한테 칭찬받고 싶을 때도 있고요. 비비엠은 매 순간 나를 표현하고 상대방을 향한 댓글이 오가는 곳이 됐습니다. 얼굴 한 번 본 적이 없지만, 우리는 〈채팅〉이라는 글 형식으로 서로 마음을 나눴어요.

누구의 엄마이기 전에 내 이름 세 글자로 당당히 자신을 찾아가고 싶어하는 분들과 '글벗'이라는 21일 에세이 쓰기 프로그램을 함께하고 있어요. 매일 달라지는 질문에 다섯 줄 이상의 글을 쓰는 것이 숙제예요. 정신없는 일상에서 나만의 시간을 떼어 글을 쓰는 시간을 내기란 쉽지 않아요. 그런데 이분들은 책 한 권까지 냈으니 대단하죠?

팀장을 맡아 주어진 시간까지 공저 작업할 수 있도록 이끌어 준 이지선 작가, 각자 쓴 원고를 취합하는 작업을 맡아 준 권미령 작가, 코로나 후유증이 있지만 끝까지 해낸 김단비 작가, 출장길 기차에서도 글을 썼던 나은주 작가, 도전하면 끝까지 해내는 석승희 작가, 퇴근 후 피곤함을 이겨내고 글을 쓴 이경해 작가, 재치 있고 든든한 이현주 작가, 조용하지만 힘 있게 해내는 장윤미 작가, 드디어 어렸을 적 작가의 꿈을 이룬 최연우 작가까지 값진 추억으로 인생의 소중한 선물이 될 공저에 함께해 주셔서 고맙습니다. 어떻게 우리의 마음을 알고 이런 제목과 목차를 뽑았을까 싶을 정도로 고마운 분, 공저 책 쓰기를 진행해 준 이은대 작가님도 감사해요.

《한 번쯤 내 이야기를 쓰고 싶었다. 여자, 에세이를 만날 때》라는 제목은 튀지도 않고, 새롭지도 않아요. 그래서 편하게 글을 쓸 수 있었어요. 제가 공저를 기획한 의도도 똑같았거든요. 누구나 자신의 마음속에 품고 있는 이야기를 에세이라는 형태로 꺼낼 수 있도록 돕고 싶었습니다. 꺼낸 빈자리에 더 좋은 것으로 채워지겠죠?

1996년에 나온 영화 한 편을 소개할게요. 무기력한 중년 남성은 우연히 퇴근길 지하철 안에서 창밖을 바라보는 한 여성을 발견해요. 그녀가 있던 곳은 사교댄스 교습소였어요. 그렇게 시작된 남성의 댄스 스토리는 우연한 점 하나가 삶을 얼마나 활기차게 바꿔주는지 보여주죠. 멋진 의상을 입고 화려한 조명 아래에서 춤을 추려면 스텝 하나부터 제대로 배워야 하는데 쉽지가 않습니다. 혼자 스텝을 익혀도 파트너와 맞춰 연습을 해야 하고요. 결국 그들은 댄스 무대가 아닌 인생이라는 훌륭한 공간에서 각자의 춤을 추기로 결심합니다.

함께 글을 쓰는 작업도 이 영화와 비슷해요. 각자 주어진 분량을 써내는 것뿐만 아니라 제출할 날짜에 맞춰 마무리 짓는 일, 혼자서는 A4 종이에 글을 쓰지만 함께하니 종이책 한 권이 탄생하는 기적 같은 일을 경험하게 됩니다. 아! 영화 제목 말씀드려야죠. '쉘 위 댄스(Shall We Dance)'입니다. 여러분은 저와 함께 글로 춤 추시겠어요? Shall We Write?

- 삼시세끼 밥 먹듯 책 먹는 여자

제1장
나는 왜 쓰려 하는가

1. 돌아보면 아쉬웠던 순간들 _최연우

과거를 돌아보면 아쉬운 순간들이 있다. 특히 다른 선택을 해서 달라졌을 결과에 대해 생각하면 아쉬움은 더 커진다.

대전에서 초, 중, 고를 다녔다. 지역에서 중상위권에 있는 학생들은 학비가 저렴한 국립대에 가는 경우가 많았다. 물론 눈에 띄게 공부를 잘하는 학생들은 서울에 있는 대학에 가기도 했지만, 나는 그 정도는 아니었고, 서울 사립대에 다닐 형편도 되지 않았다. 아빠는 대학을 졸업한 후 선생님이 되길 권했는데, 가까운 학교가 공주에 있었다. 서울교대를 가기에는 실력이 모자랐던 나는 친구와 공주에 있는 학교를 가 보았는데, '대학' 하면 막연히 멋진 낭만을 떠올리던 내게 도심과 떨어진 시골에 있는 그 학교는 영 마음에 차지 않았다.

동생이 여섯 명이나 있는 장녀인 나는 부모님이 권한 교대를 거절하고, 4년 전액 장학금을 받겠노라며 대전에 있는 충남대학교 사회심리계열로 입학했다. 사실 전공은 깊은 생각 없이 점수에 맞춰서 선택한 것이었다. 그러다 보니 2학년이 되어 사회학과와 심리학과 중 하나를 선택해야 할 때 사회학과를 선택했는데, 나와 잘 맞지 않아 부분 장학금을 받게 되면서 아빠와 다투고는 학교를 그만두고 말았다. 이후 직장을 다니면서 방송통신대학에 다녔지만, 그때 교대에 갔더라면 나의 인생이 지금과는 많이 달라져 있지 않을까 생각하곤 한다. 사교육 회사에서 일하고 있는 지금은 그때 교대를 졸업해서 교사의 길을 갔더라면 지금쯤 퇴직을 생각할 나이일 것이고, 나중에는 '연금을 받으면서 편히 지낼 텐데' 라는 생각이 든다. 정말이지 아쉽고 후회되는 선택의 순간이다.

둘째가 만 두 살쯤 되었을 때 둘째 형님이 다리 수술을 하셨다. 아이 셋을 데리고 형님댁을 방문했다가 둘째 아이의 손가락이 절단되는 사고가 일어났다. 지금도 분수처럼 튀던 피를 생각하면 가슴이 떨린다. 한 달 동안 봉합과 절단 수술이 반복되면서 손가락 한 마디가 짧아졌다.

아이의 사고는 엄마의 책임이다. 사고 전에 '저러다 다칠 수 있겠는데' 라고 생각했음에도 '설마' 하며 형님과 이야기를 나누던 찰나 일이 생겼다. 생각만 하지 말고 그때 바로 아이를 안고 오지 않았던 것이 너무도 큰 죄책감으로 남아 있다. 이후 나는 둘째 아이에게 집착하게 됐고, 사고 염려증도 생겼다. 코피만 나도 부들부들 떨면서 좀처럼 진정이 되지 않았다. 사고에 대한 걱정이 머릿속에 가득해 병원에 다니며 약물치료를 받기도 했다. 지금은 잘 성장하여 자기 일을 잘하고 있다는 것이 너무 감사하지만, 둘째 아이에게 느끼는 미안함은 영원히 놓지 못할 것 같다. 그때 아이를 빨리 안고 왔더라면…. 그때가 내 인생 중 가장 돌아가고 싶은 순간이다.

중, 고등학교 시절에는 고전이나 명작 위주로 책을 읽었다. 셰익스피어, 헤밍웨이, 오 헨리, 김남조, 김형석 교수님을 만났다. 빨간 머리 앤은 지금도 사랑하는 아이다. 결혼 전까지는 신간이나 읽기 가벼운 수필, 시집을 좋아했다. 결혼 후 아이 셋을 낳고 홀시 아버지를 모시고 살며, 막내가 세 살이 되던 무렵 직장까지 갖게 되면서는 책과 담을 쌓고 살았다. 그냥 살기 바빴다고 핑계를 대 본다.

이후 마음과 시간의 여유가 생겼을 때도 독서보다는 다른 취미 생활과 모임 등으로 바쁘게 시간을 보내며 살아왔다. 요가, 기타, 수채화, 밸리댄스, 라인댄스 등 다양한 취미 생활을 하면서 근무하지 않는 시간을 잘 활용하고 있다고 생각했다. 그러다 코로나가 시작되자, 워낙 겁이 많아 거의 모든 시간을 집에서 보내던 나는 우연히 2021년 가을 '비비엠'이란 곳을 알게 되었다. 다양한 온라인 프로그램으로 자기 계발을 할 수 있는 새로운 세상이었다. 감사일기를 쓰고 책을 읽고 강의를 들으면서 글쓰기도 시작하게 되었다. 코로나로 인한 비대면 강의는 줌을 통해서 다양하게 선택할 수 있었다.

글벗. 이름도 친근한 글벗에서는 매일 주어지는 한 꼭지의 주제로 글을 쓰고 피드백을 받는다. 물론 글은 뒤죽박죽이다. 하지만 글을 쓰는 동안 잊고 있던 나를 추억하고 다시 발견하며, 덮어 두었던 꿈들도 하나씩 꺼내게 된다. 중학교 때 친구에게 생일 선물로 소설을 하나 써주었던 기억도 났다. 내 또래의 말괄량이에 관한 이야기였다. 소설이라기엔 분량도 몇 장 되지 않는 글이었지만, 친구는 재미있게 읽었다고 했다.

글을 쓰면서 나를 돌아보고 있다. 왜 진작 이런 환경을 갖지 못했을까? 왜 책을 읽지 못했을까? 10년 전에만 알았더라도 내 모습은 지금과 다른 모습일 텐데. 아이들이 어렸을 때 책 읽는 모습을 보여주는 엄마였다면 아이들도 지금보다 더 잘 성장했을 텐데, 하는 아쉬움도 크다. 하지만 그때의 나는 또 나름대로 열심히 살았고, 더 늦지 않게 이런 환경을 만났으니 다행이다. 지금이라도 읽고 쓸 기회를 만난 것에 감사한다.

시간이 없어서, 바빠서, 다른 일들이 많아서 등의 이유는 핑계에 불과하다. 지금은 바쁠수록 독서를 우선해야 한다는 걸 안다. 독서를 하면 자연적으로 글쓰기도 하게 된다. 대단한 것을 쓰는 건 아니다. 일기, 서평, 감상문, 여행기 등 다양한 일상의 느낌을 쓴다. 나는 감사일기부터 시작했다. 2021년 9월 7일부터 지금까지 하루도 빠짐없이 쓰고 있다. 그저 평범한 60세의 주부이자 직장인인 내가 새벽 5시 30분이 되면 일어나 모닝 루틴으로 나만의 시간을 가지고 책을 읽고 글을 쓴다. 혼자서 쓰기 어려우면 같은 뜻을 가진 사람들과 함께하면 된다. 망설이지 않고 그냥 쓴다. 내 일부터가 아니라 지금부터 쓴다. 평범한 나의 이야기가 뭔가 시도하는 것을 망설이는 또 다른 나에게 용기를 줄 수도 있다. 무엇보다 나를 만나는 시간이 많아져서 잊고 있던, 혹은 몰랐던 나에 대해 알게 된다. 많이 배우며 성장하게 된다. 그러니 지금부터 읽고 쓰자.

돌아보면 역시나 내 인생에는 아쉬움이 가득하다. 지나간 시간을 돌이킬 수 없어 가슴이 답답했고 때로는 속상했다. 하지만 이제는 괜찮다는 말을 감히 할 수 있을 것 같다. 다행히도 글 쓰는 삶을 만났으니. 부족하고 모자라고 엉성하지만, 내 이야기를 쓰는 것만으로도 아쉬움이 덜어지며 마음이 편안해진다. 지금이라도 나의 삶을 글에 담아 남기고, 후회와 아쉬움 가득한 이들에게 글 쓰는 삶의 본보기를 보여줄 수 있다면 아주 행복하겠다. 그래서 에세이다.

2. 소중한 추억, 간직하고 싶은 이야기 _석승희

산을 좋아했다. 한동안 등산에 푹 빠졌다. 네이버 등산 카페 활동도 했었다. 주말에 교대근무를 해야 하는 매장 판매직이었기 때문에 주로 평일에 산행을 다녔다. 아차산을 시작으로 2년 반 동안 수도권에 있는 50개의 산에 올랐다. 겨울 산에도 오르고 싶었다. 체력부터 키워야 했다. 봄부터 가을까지 한 달에 서너 번은 꼭 참여했다. 날씨 변화와 돌발 상황 등에 대해서도 미리 연습해야 했다.

2015년 첫날. 드디어 덕유산 산행에 도전했다. 남덕유산으로 이어지는 30km의 종주 코스로 하루에 15km를 소화해야 하는 일정이었다. 겨울 산 종주는 처음이었다. 걱정 반 기대 반, 그렇게 설레는 마음으로 출발했다. 먼저 곤돌라를 타고 향적봉에 올랐다. 산 위의 모습은 딴 세상 같았다. 영하 20도의 찬 공기와 따스한 햇볕이 공존했다.

우리가 묵을 삿갓재 대피소로 가는 일부 구간이 눈 때문에 유실되었다. 해는 넘어가는데, 가야 할 길은 아직 9km나 남았다. 오전 10시 반에 밥 한 끼 먹은 게 전부였다. 배낭에서 행동식을 꺼내기도 힘들었다. 손이 얼어붙은 탓이다. 귀에도 동상 증세가 나타나기 시작했다.

설상가상 팀원들을 놓치고 말았다. 겨울 산속에 홀로 남겨졌을 때의 두려움. 눈물조차 나지 않았다. 앞선 사람들도, 뒤에 따라오던 사람들도, 아무도 보이지 않았다. 눈도 그치지 않았다. 눈 언덕에 수차례 다리가 빠졌다. 사투! 춥고, 외롭고, 넘어지고, 다치고. '오늘 여기서 죽을 수도 있겠구나'. 하는 불안한 생각과 함께 되돌아가기도 막막하고, 앞으로 갈 수도 없고 암담했다.

남자. 헛것이 보이나 싶었다. 남자. 틀림없는 남자 사람이었다. 꿈만 같았다.

"괜찮아요? 어디 다친 데는 없어요?"

"일행을 잃었어요. 사람이 이렇게 반가운 건 처음이에요."

따뜻한 물 한 잔, 귤 한 조각. 생명수나 다름없었다. 몸에 온기가 돌자 살아야겠다는 생각이 들었다. 끝나지 않을 것만 같았던 겨울 산길을 헤치고 무사히 삿갓재 대피소에 도착할 수 있었다.

대피소 출입구에 도착했을 때 먼저 도착한 일행을 보고도 아무 말이 나오지 않았다. 등산화가 잘 벗겨지지 않았다. 팀장이 달려와 내 손을 잡았다. 다른 일행도 나를 둘러쌌다. 눈물을 글썽이는 사람도 있었고, 품에 안기는 동료도 있었다. 고맙다는 말을 가장 많이 들었다. 살아줘서 고맙다고, 무사히 도착해서 고맙다고.

불과 하루 만에 죽음의 문턱을 경험하게 해준 겨울 덕유산을 잊을 수가 없다. 비록 죽다 살았지만, 그 날 내 눈에 담긴 설산의 풍경은 그야말로 최고였다. 죽음의 고비에서 만난 한 남자 덕분에 나는 무사히 산행을 마칠 수 있었다. 연락처를 받아두지 못해 아쉽다. 언젠가 다시 만나게 된다면 감사의 인사를 꼭 전하고 싶다. 누군가를 도울 기회가 있을 때마다 그가 건네주었던 따뜻한 물과 귤 한 조각을 떠올리며 살아가려 한다.

그 후로 새로운 삶을 누리고 있다. 웬만한 일은 어렵게 느껴지지 않는다. 힘든 일이 생겨도 할 수 있다는 자신감이 충만하다. 그 날의 경험이 나를 단단하게 만들어 주었다. 두려움과 불안마저 소중한 추억임을 간직하고 살아간다.

최근 코로나 확진으로 힘든 시간을 보냈다. 열이 40도까지 오르고 온몸을 칼로 찌르는 듯한 통증이 쉴 새 없이 이어졌다. 병원에 가도 마땅한 치료를 받을 수 없었고, 약을 먹어도 좀체 낫지 않았다. 물 한 잔 마셔도 목이 따끔거렸고, 기침을 할 때마다 피를 토할 것 같았다. 가족이 챙겨주고, 주변 사람들로부터 위로도 많이 받았지만, 전혀 도움이 되지 않았다. 몸이 아프고 괴로워서 그런지 일상생활에 대한 의욕도 사라졌다. 이대로 무슨 일이 생기는 건 아닌지 걱정과 근심까지 몰아쳤다.

따뜻한 물 한 잔을 마셨다. 문득 얼굴 하나가 떠올랐다. 눈앞이 하얗게 변했다. 그래. 사방에 캄캄한 죽음의 문턱에서도 나는 견뎠고 또 살아냈다. 누군가가 건넨 귤 한 조각과 살아야겠다는 내 의지. 그리고 나를 염려하며 눈물까지 흘려준 많은 동행들. 힘들고 아프다는 생각만 하면서 좌절하고 절망하기보다는 한 걸음 나아가야겠다는 생각이 조금씩 꿈틀대기 시작했다.

내 자신이 이런 생각을 할 수 있다는 사실이 놀라웠다. 꾸역꾸역 밥을 챙겨 먹었다. 물도 마시고, 약도 챙겨 먹으면서 '힘내자!'고 스스로 중얼거렸다.

시간은 지났고, 코로나에서 벗어났다. 나았다는 사실보다 내가 '이겨냈다'는 사실에 더 기쁘고 만족스러웠다. 경험은 사람을 변화하게 만든다. 기억은 사람을 강하게 만든다. 그때의 시련은 고통이었지만, 덕분에 나는 강해졌다.

2015년 1월 1일. 덕유산에 올랐던 사람들을 종종 만난다. 인연이라고 해야 하나. "어머! 저도 그날 덕유산에 있었는데!" 서로 놀라며 반가워한다.

특별했던 경험을 공유할 수 있는 사람이 있다는 것도 행운이다. 경험도, 사람도 모두가 소중하다. 살아가면서 어렵고 힘든 일이 생길 때마다 덕유산의 기억을 떠올리며 힘을 내 본다.

평생 잊을 수 없을 것 같다. 7년이 지난 지금도 어제 일처럼 또렷하다. 그래서 지금 글을 쓸 수 있는 거겠지. 오래 간직하고 싶다. 찬찬히 떠올려 본다. 경험은 소중하다. 기억은 귀하다. 의미와 가치가 없는 순간은 없다. 좋은 기억은 행복으로, 힘들고 아팠던 순간은 배움과 깨달음의 계기로. 나는 그렇게 한 뼘씩 성장해 간다. 시간이 흘러도 '나의 삶'으로 간직하고 싶은 이야기. 에세이가 있어서 다행이다.

3. 그리운 사람, 그리운 시간 _이지선

성북구 정릉동에서 사시던 나의 할머니. 백발의 단발머리가 멋스러운 분이셨다. 지금은 하늘나라에 계신다. 소원이 있다면, 할머니를 안아보는 것이다. 나의 어린 시절 이야기를 자주 해주셨던 유일한 분이다. 할머니의 장남은 우리 아빠다. 내가 태어난 날은 88올림픽이 열린 그해 7월 여름 서머타임 때다. 할머니는 "두 눈은 커다랗고 머리카락은 곱슬곱슬한 공주님이에요."라고 간호사 말투 흉내를 잘 내셨다. 내가 기억하지 못하는 유년 시절이 있다. 그 시간을 할머니가 채워주셨다.

3살, 혼자서도 잘 노는 아이였다. 밤늦게까지 할머니 스킨, 로션을 가지고 놀다가 잠들었다. 오전 11시 넘어 일어나는 '늦잠꾸러기'였다. 할머니가 들려준 나의 어릴 적 이야기들은 가슴속에 차곡차곡 쌓였다. 6살 이전의 기억들은 할머니가 만들어 주신 것이다.

7살, 할머니는 쌀집을 하셨다. 나와 내 동생의 아지트였다. 화장실도 집 밖에 있었고, 연탄을 모아두는 창고도 있었다. 쌀 무게를 재는 곳에 올라가면 몸무게를 알려 주었다. 메주가 달려있던 방은 할머니랑 함께 자는 곳이다. 제일 좋았던 점은 옆 가게가 '슈퍼마켓' 이었다. 300원을 받았다. 옆 슈퍼에 가서 '새콤달콤'을 샀다. 내일 또 먹고 싶어서 다 먹지 않고 장롱 속에 숨겨 두었다. 내가 가장 좋아하는 음식은 '꽃게탕' 이다. 한때 바닷가 근처에서 사셨기 때문인지 할머니는 생선요리를 맛있게 잘하셨다. 손녀딸이 아프면 된장을 넣은 '꽃게탕'을 해주셨다. 손수 게살을 발라서 밥에 비벼 주셨다. 몸이 힘들고 아플 때면 할머니 밥상이 생각난다.

초등학교에 입학했다. 방학 기간 동안은 할머니 댁에서 지냈다. 명절이 되면 맷돌에 녹두 콩을 갈아 녹두전을 부쳤다. 그리고 가래떡을 구워서 먹었다. 어릴 때부터 할머니가 해주신 식혜를 먹어서인지 지금까지도 커피보다 식혜를 좋아한다.

대학교 입학 후에는 혼자 할머니 댁에 다녔다. 잠이 들 때면 머리카락을 계속 만져 주셨다. 그 느낌이 좋아 내 딸들에게도 해준다. 학교에 가려고 문밖을 나서면 빌라 3층 집 창문 너머로 할머니가 손을 흔드셨다. 내 뒷모습이 안 보일 때까지 손을 흔드셨다. 버스를 탄 후에는 꼭 전화를 하라는 할머니 말씀에 버스정류장에서 전화를 했다.

결혼 후 신랑에게 정릉동에 가 보자고 했다. 숭덕초등학교를 끼고 골목길을 들어가면 약국, 문방구, 목욕탕을 지나 방앗간 앞에 서면 할머니 집이 보여야 한다. 할머니와 추억을 쌓았던 빌라는 이제 재개발 지역이 되어서인지 볼 수 없었다. 동네 주변을 살펴보니, 어떤 도로였는지 기억조차 안날만큼 형태가 많이 변했다. 아파트가 들어섰다. 기억할 수 있는 것들이 사라지기 시작했다.

신혼집은 서울 동대문구다. 차로 30분 거리면 할머니 댁이다. 자주 찾아뵐 줄 알았다. 할머니를 마지막으로 뵌 건 2018년 1월이다. 할머니의 86세 생신 잔치 때였다. 성북동 갈빗집에 대가족이 모였다. 나는 그때 둘째를 임신한 17주 임산부였다. 집으로 돌아가는 길, 할머니가 검은색 승용차 뒷자리로 지팡이를 짚고 타려고 하다 멈칫하셨다. 차 문을 열어둔 채 타지 않으시고 나를 쳐다보셨다. 그리고 잘 가라고 손짓하셨다. 그게 마지막으로 뵌 할머니의 모습이다. 개나리색 점퍼에 검은색 벙거지를 쓰신 모습이 기억난다. 6개월이 흘렀다. 더운 여름날, 나는 만삭의 몸이었다. 할머니께 전화를 했다. 오히려 나를 걱정하셨다. 42kg의 가벼운 몸으로 연년생들을 잘 키울 수 있을지 걱정하셨다. 7월 6일, 산부인과에서 둘째 출산 소식을 알렸다. 자연분만으로 둘째 아이를 낳았다고 말씀드리니 목소리에 기쁨이 넘쳐나셨다. "지선아, 아무리 더워도 양말 꼭 신고 내복 입으라우~" 내 걱정만 하시던 할머니는 둘째가 태어난 지 30일쯤 할아버지 곁으로 가셨다. 나를 닮은 둘째 아이의 얼굴도 보여드리고 싶었지만 할 수 없게 되었다. 친정 부모님이 몸조리가 우선이라며 장례식장에 못 오게 하셨다.

얼마 전 동생이 집에 왔다. "언니도 할머니 보고 싶지? 장례식장에 못 와서 더 그럴 것 같아.". "언니, 나도 이제 할머니 기억이 희미해진다?" 둘이서 어릴 적 이야기를 하다 보면 다른 기억을 꺼내기도 한다. 그때마다 할머니께 전화를 걸어 물어보고 싶은데 그럴 수도 없다. 서른다섯, 어릴 적 내 모습과 할머니와 함께한 추억들을 기억하고 싶다. 그래서 글로 남긴다. 가족들과 함께한 시간, 돌아갈 수 없는 어릴 적 소중한 시간을 글로 적으며 더듬어 본다. 기억할 방법은 하나다.

글은 추억을 새기는 도구다. 마음과 머리가 아니라 백지에. 쓰기 전에 생각하고 쓰면서 떠올리고 쓰고 난 후에 되새긴다. 기억하고 싶은 사람들, 기억하고 싶은 순간들, 이토록 생생하게 남길 방법이 글쓰기 말고 또 있었던가. 일상이 바쁘고 세상이 복잡하다는 이유로 글쓰기를 어렵고 막막하게 여기곤 했었다. 이제는 안다. 잠시라도 틈을 내어 나의 이야기를 쓰는 시간이야말로 소중했던 사람과 순간을 오래도록 품을 수 있는 최고의 방법임을. 추억은 일종의 만남이라고 칼릴 지브란이 말했다. 그래. 나는 매일 지나간 삶과 만난다. 손을 내밀고 온몸으로 안아주며 어깨를 토닥인다. 나는 오늘도 에세이를 쓴다.

4. 어둠의 터널을 지나 _나은주

나는 아직도 터널을 지나고 있다. 30대 중반부터 대학에서 시간 강사로 강의를 하면서 늦은 나이지만 퇴사 후 42살에서 45살까지 3년 정도 교수가 되기 위해 전임교수 임용지원을 참 열심히 했었다. 그게 뭐라고, 계속 임용에 실패하면서 책을 쓰거나 논문을 쓰는 것은 자연스레 관심을 갖지 않게 되었다. 한국에서 교수임용은 역시 인맥과 돈이 있어야 되는 것이고, 교수는 우아한 백조들처럼 여유가 있어야 한다. 강의도 우아하게 하면서 논문과 책을 쓰는 것이라고 조언하는 교수는 그들만의 리그였다. 인맥도 없고, 전공 관련 책 저자도 아니었던 나는 나 자신을 그렇게 몰아가며 자존감을 깎아 내렸다. 마음 깊숙이 우울감이 남아 있었던 것 같다. 나는 그냥 가방끈이 긴 전임교수가 아닌 겸임, 시간 강사다. 그렇게 몇 해가 지나고 여전히 나는 아직도 학교에서 누구를 위한 강의인지는 모르겠지만, 세대 차이가 나는 학생들을 대상으로 조금은 마음 가벼이 강의를 하고 있다.

나는 나를 표현하고 들어내는 것에 능숙하지 않다. 난 어렸을 때부터 가정 교육 자체도 엄격하면서 훈육적이고, 바른 생활 위주의 삶을 살도록 배워서 그런지, 나라는 사람은 그리 재미있지가 않다. 내 인생도 그리 즐거운 하루하루는 아닌 것 같다. 상대방과 대화하면서 편안해지고 재미있어지기까지 참 오래 걸리는 타입이다. 나는 감정표현이 능숙하지 않다. 가끔은 '좀 더 현실을 즐기며 살았으면 좋았을 텐데' 하며 후회를 한다. 여행을 가도 그 즐거운 감흥을 표현하고 즐기는 것에 너무 소극적이고, 스스로 즐기지 않은 삶을 살았다. 공부하는 책도 이론 위주의 딱 떨어지는 내용들의 글만 읽고, 또 그런 글의 스타일에 맞게 쓰는 것에 익숙한 내가 나를 드러내는 이런 에세이를 쓰게 될 줄이야. 나와는 결이 다른 것들을 경험하며 또 다른 재미를 느껴본다. 이렇게라도 온라인에서 새로운 사람들과 함께 무언가를 할 수 있는 것이 참 좋다. 소속감 없는 일상에서 느끼는 소속감. 동질감.

나에게 짧지만 하루 한 줄이라도 무언가 글을 쓴다는 것은 나 자신을 되돌아보며 굳어가는 생각의 뇌세포를 깨우는 힐링의 시간들이다. 옛 작가들처럼 연필을 잡고 원고지에 글을 쓰면 글이 더 잘 써지려나 싶기도 하지만, 그래도 이렇게 컴퓨터 자판을 두드리며 쓰고 지우고, 쓰고 지우고 하는 것이 아주 지적인 놀이인 것 같다. 여하튼 글을 쓰는 것이 이렇게 소소한 재미가 있을 줄 예전에는 정말 잘 몰랐었다.

지금은 텅 비어 있는 나 자신을 채우기 위해 글을 쓰고, 불필요한 나의 생각들과 욕심들을 비우려 글을 쓴다. 나의 경험을 바탕으로 내 일상과 내 생각을 하나로 묶어본다. 나와 타인의 세상을 좀 더 객관적으로 바라보면서 이해할 수 있게 된다. 또한 나 자신을 치유해 주는 내 안의 주치의와도 같다. 글쓰기는. 그것은 바로 '글쓰기'. 그래 결국은 어느 누구도 아닌 '나'를 위해 글을 쓰는 것이다.

　　50대를 바라보며 나는 나를 위한 제2의 인생을 꿈꿔본다.

　　아직은 밝고 따뜻한 빛이 보이지 않는다.

　　지금 나는

　　눈을 감고 있다.

　　나는 지금 어디쯤 와 있지

　　빛이 보일락 말락 한다.

　　어두운 터널 느리지만

　　빛이 보인다.

　　지금 이 터널 안에는 수많은 차들이 지나간다. 고급 세단의 자동차도. 무거운 짐이 버거운 트럭도 내 옆을 지나간다. 고요한 적

막을 요란하게 깨는 119 응급차도 터널 안을 지나고 있다. 하지만 멈추지 않고 지금 이 순간 지나간다. 내 마음이 그렇듯. 평온한 듯 하면서 삶이 버겁다. 짐을 내려놓고 싶은 마음도 들고, 무엇을 위해 사는지도 모르고 그냥 달려왔다. 모르고 부딪쳐 상처 난 곳들을 치유 받아야 될 것 같다. 내 삶이 종종 '삐뽀 삐뽀' 응급상황일지라도 이 터널 속에서는 멈추면 안된다. 힘겹고 버거운 만큼 터널 안의 자동차 울림이 더 크다. 그만큼 알아 달라는 것일까. 지금 지나가고 있다고. 시간이 지나면 터널 밖의 환한 세상 빛이 비추듯 나에게도 조만간 그런 날이 오리라.

속도위반을 하게 되면 범칙금이 나오는 것처럼.

인생에 공짜는 없다.

열심히 살아보자.

어둠의 터널을 지나 지금의 나는 어디로 가고 있는가.

잘 가고 있는 것 맞지.

5. 매일 새로워지고 싶다 _이경해

주변이 밝아진다. 일어날 시간인데 몸은 이불 속을 파고 들어간다. 거실에선 신랑이 출근 준비를 하고 있다. 손으로 이불 속에 숨겨진 스마트폰을 찾았다. 아침 7시 10분, 이른 시간은 아니지만 10분 정도 더 누워있어도 된다. 현관문 소리에 안방 문을 열고 "잘 다녀와요." 짧은 인사를 했다. 아이들 방문을 열고 기상 시간임을 알린다. 부엌으로 이동해 간단한 아침을 준비하고 아이들을 향해 "이제 안 깨운다."라는 경고를 날린다. 아이들이 아침을 먹을 동안 머리를 감는다. 아이들이 학교에 가면 설거지를 마치고 출근한다. 반복되는 아침 일상이다.

지하철로 30분 거리에 있는 어린이집이 내 직장이다. 현관을 열고 들어서면서부터 퇴근 전까지 다르지만, 같은 일상이 반복된다. 아이들을 맞이한 후 미리 준비한 놀이를 한다. 맑은 날에는 놀이터로 나가 햇볕을 쬔다. 점심시간, 낮잠과 간식, 귀가 지도. 매일 반복되는 어린이집의 일상이다. 온종일 듣는 아이들 소리는 좀처럼 적응이 되지 않는다. 어린이집 교사라고 하면 으레 듣는 말이 있다. 바로 사명감. 대부분의 사람들은 '내 아이 하나도 돌보기 힘든데, 다수의 아이들을 돌보는 일은 사명감이 있어야 할 수 있겠다.'고 말한다. 대학입시에 실패한 후 엄마의 손을 잡고 서일대학교 부속 보육교사 양성원에 입학했다. 취직하고 난 뒤 공부의 필요성을 느껴 대학에 들어가 유아교육을 전공했다. 딱히 다른 일에 관심이 없었다. 사명감이라기보다는 변화가 귀찮았다. 퇴근 후 집에서 맞이하는 일상도 다르지 않다. 아이들 학원 시간에 맞춰 저녁 준비, 저녁 먹고 마무리, 빨래, 청소 등 매일 똑같은 일이 되풀이된다.

큰아이를 임신하고 막달 무렵에 퇴사했다. 혼자 있을 때는 몰랐는데, 아이가 태어나고 육아를 시작하면서 우울증이 생겼다. 빨리 내 일을 갖고 싶었다. 큰아이가 6개월이 될 무렵, 지인의 소개로 어린이집에 취직했다. 남편은 아이가 좀 더 크면 복귀하기를 원했지만, 집에서 아이하고 단둘이 지내는 일상이 답답하고 지루했다. 돈을 벌고 싶었고, 일하고 싶었다. 그 무렵 보건복지부에서 보육 과정과 수준을 높이겠다는 취지로 평가인증제를 도입하기 시작했다. 일상에 젖어 있던 나에게 어린이집의 평가인증 시행은 새로운 도전이었다. 어린이집 환경이 바뀌었다. 아이들과의 상호작용과 교수법을 개선했다. 평가인증은 교사로서 성장하는 과정이었다. 평가인증을 공부하고 준비하면서 신이 났다. 배움의 과정은 힘들었지만, 결과가 나쁘지 않아 인정도 받았다. 현재는 평가인증이 평가제로 바뀌어 정착되었다. 3년마다 의무적으로 시행되고 있다. 처음에는 신났던 일이 반복되니 이제는 즐겁지 않았다. 평가제를 치러야 하는 해에는 마음이 무거웠다.

코로나19가 심각해지면서 어린이집에서 받는 스트레스가 많아졌다. 말을 못하는 아기들에게 마스크 착용을 강요했다. 장난감과 환경을 수시로 청소하고 소독했다. 손이 닿는 곳곳마다 방역 필름을 붙이는 등 어린이집을 안전지대로 만들기 위한 교사들의 노력은 끝이 없었다. 어린이집과 더불어 두 아이의 가정학습은 나를 점점 지치게 했다. 코로나19가 진행되는 두 해 동안 직장생활 유지와 퇴사를 두고 매일 고민했다. 남편에게 힘들다고 투정을 부렸다. 수시로 퇴사에 관한 생각을 전했다. 남편은 고용보험을 받으며 쉬는 것에 동의했다. 자발적 퇴사는 고용보험 수급 조건이 안된다. 가계 빚에 발목이 잡혀 퇴사의 꿈을 보류했다. 현실을 받아들였지만 우울해졌다. 우울감을 털어버리고 싶어 책을 찾았다. 처녀 시절부터 책 사는 걸 좋아했다. 서점에 가서 책을 구경하면 스트레스가 저절로 풀렸다. 고민이 생길 때마다 관련 책을 찾아 읽어보는 것으로 문제를 해결하려고 했다. 당시 엄지언 작가의 《엄마의 주식공부》를 선택해 읽었다. 퇴사를 위해 돈을 더 벌고 싶다는 마음으로 골랐다. 책을 읽으면서 나 자신이 한심해졌다. 나름으로 열심히 살아왔는데 아무것도 모르는 게으른 엄마였다. 희망을 품기보다는 현실도피만을 꿈꾸는 단순한 여자 사람이었다.

퇴사보다는 돈 공부, 경제 공부가 필요하다는 생각이 들었다. 추천 도서를 통해 단희쌤의 《마흔의 돈 공부》를 읽었고, 연이어 1인기업가 최서연 작가를 알게 되었다. 호기심으로 《1인 기업 이야기》와 《책 먹는 여자》를 구매해 읽었다. 가슴이 두근거렸다. 내가 모르던 신세계를 발견했다. 곧바로 더 빅리치 캠퍼스와 비비엠 오픈 카톡방에 참여했다. 당장이라도 내 삶이 바뀔 것 같았다. 감사일기와 바인더, 블로그 프로젝트에 참여했다. 책장을 살펴보니 《48시간 기적의 독서법》책과 함께 3P 바인더를 찾을 수 있었다. 이전부터 내가 관심을 가지고 지켜봐 왔던 것인데, 그것으로 성과를 내는 사람들을 만나는 과정은 즐거웠다.

프로젝트에 참가하며 글을 쓰고 있는 사람들을 만났다. 중학교 시절부터 꿈꾸던 버킷리스트 중의 하나가 글쓰기였다. 글쓰기를 하고 싶은 마음이 꿈틀거렸고 블로그를 시작했다. 그렇게 나의 글쓰기가 시작되었다. 나의 이야기를 글로 쓰고 싶었다. 막연하게 내 글이 누군가에게는 위로가 되고 웃음을 줄 수 있었으면 좋겠다고 생각했다. 글을 쓰는 또 하나의 방법으로 서평단 신청을 했다. 덜컥 당첨이 되었다. 책을 받아 읽었는데, 막상 서평은 어떻게 써야 할지 난감했다. 유튜브로 서평 쓰는 방법을 찾아 시청했다. 이해는 했는데, 글로 표현하는 건 어려웠다. 그 무렵 '블로그 북 리뷰' 강의를 들었다. 책을 읽고 블로그에 리뷰하는 방법을 알려주는 강의였다. 유튜브에서 배운 서평과는 다르게 작성도 빠르면서 전문적이었다. 배운 것을 잊지 않으려고 강의 리뷰를 작성해 블로그에 올렸다. 리뷰를 포함, 영아들 놀이와 블로그 씨 질문에 대답하는 글을 여러 개 작성했다. 어느 날 "선배님, 에세이 쓰셨으면 좋겠어요."라는 최서연 작가님의 댓글이 달렸다. 나는 글과 함께 댓글까지 여러 번 반복해 읽었다. 가슴이 뛰었다. 그때부터 글쓰기를 하고 싶다는 의지를 불태웠고 관련 책들을 사 모아 읽었다.

글쓰기 책에서 공통으로 강조하는 부분은 무조건 많이 써보라는 것이다. 글을 쓰면 쓸수록 글에 대한 근육이 생긴다고 했다. 내가 쓴 글에 피드백을 받고 싶어 글벗이라는 프로젝트에 참가했다.

무엇을 써야 할지 모르는 내게 에세이 주제들이 정해져 있어서 좋았다. 주제에 맞는 글을 쓰다 보니 반복되던 나의 일상이 조금씩 바뀌어 갔다. 짧은 에세이를 쓰는 순간, 무의식 속에 갇혀 있던 예전의 나와 만날 수 있는 시간이 되었다. 추억이 생겼고, 마음이 몽글몽글해지는 경험도 하였다. 새로운 주제로 글을 쓰다 보니 마음도 매일 새로워졌다. 적어도 글을 쓰는 순간만큼 나는 엄마도, 아내도, 어린이집 교사도 아니었다. 온전히 나 자신으로 돌아간다. 다양한 경험과 감정을 글로 쏟아낸다. 그럴 때마다 색다른 기분과 만난다. 글쓰기를 통해 매일의 경험이 새로워진다. 매일 새로운 나를 마주한다.

6. 나는 지금 어디쯤 와 있을까 _장윤미

　내 나이 마흔셋. 방황 중이다. 다들 당당하고 자신감 넘쳐 보인다. 최근 몇 년간 일이 내 행복의 상당 부분을 차지하고 있다는 것을 깨달았다.

　서른 중반에 결혼했다. 회사에서는 항상 일이 바빴고, 시간에 쫓기며 일했다. 팀장으로 언제 어떤 일이 주어질지 모른다는 불안감, 팀을 이끌어야 하는 부담감이 컸다. 결혼한 후 바로 아기가 생겼지만, 곧 유산했다. 이런 상태로 직장을 다닌다면 아기를 가지기 힘들다고 판단하여 다니던 직장을 그만두었다. 우연히 회사 동기가 알려준 공인중개사 자격증을 알게 되어 공부를 시작했다. 쉽지 않았다. 부동산은 내가 전혀 관심도 없고 모르던 분야였다. 용어 하나 알아가는 것도 시간이 오래 걸렸다. 아무리 읽어도 이해되지 않는 문장들뿐이었다. 1년 넘게 공부해 시험에 합격했다. 자격증을 취득했어도 일할 생각이 없었다. 하지만 힘들게 자격증을 따고 보니 일하지 않으면 안될 것 같았다. 그래서 부동산 업무를 시작했다.

　회사를 그만두기 전에 하던 일은 특허 관련 업무였다. 지식 재산권 중 특허부터 실용신안, 디자인, 상표의 국내외 관리 업무를 담당했다. 외근을 나가긴 했지만, 전형적인 사무 업무였다. 가만히 앉아서 주어진 업무만 처리해 왔는데 내가 영업을 하다니... 전화 통화도 많이 해야 하는 직업이다. 가족들 앞에서 친구와 통화도 잘 못하는 나였기에 두려움이 컸다. 내성적인 성격이라 고객 한 명 만나는 것도 항상 긴장됐다. 매일 언제 전화가 올지 모르는 긴장의 연속이었다. 하지만 아무것도 모르고 시작해서였을까? 의외로 모든 것이 재미있었다. 내 브리핑으로 계약이 이루어지는 게 신기했다. 여전히 사람들 만나는 게 긴장이 되었지만 설렘이 더 컸다.

그러다 좋은 기회가 생겨 내 사무실을 오픈하게 되었다. 모든 것을 혼자 하는, 말 그대로 1인 기업이다. 재미가 있다 보니 점점 일 욕심이 생겼다. 내 사업이라 대충 일할 수도 없었다. 내 안의 열정을 모두 쏟아 내어 일했다. 평일, 주말, 낮, 밤 할 것 없이 고객이 찾으면 그게 업무시간이었다. 하루 종일 일만 생각했고, 일만 했다. 일이 바쁜 만큼 만나는 고객들도 많았다. 좋은 분들을 더 많이 만났지만, 그만큼 진상 고객도 많았다. 이런 분들을 한 번 겪으면 중개하기가 힘들었고, 중심을 잡지 못하고 끌려다니는 일이 종종 발생했다. 그렇게 일하다 보니 퇴근 후, 주말에 쉬어도 쉬는 게 아니었고 힘겨웠다. 긴 호흡으로 꾸준히 가야 하는데 그렇게 하지 못했다.

작년 여름, 유독 힘든 사건들이 있었다. 이때 만난 고객들은 모두 짜기라도 한 것처럼 정도에서 벗어나는 행동으로 나를 힘들게 했다. 가뜩이나 약한 멘탈이 완전히 무너져 버렸다. 말 그대로 유리 멘탈이 된 것이다. 사람들에게 진저리 치게 될 정도로 실망하고 상처받았다. 이 계기로 일에 대한 열정은 물론, 고객을 다시 만날 용기가 한순간에 모두 사라져 버렸다. 일로 다시 사람들을 만나고 싶지 않아졌다. 매일의 스트레스로 하루하루가 지옥 같았고, 행복하지 않은 게 아니라 불행하다고까지 느껴졌다.

항상 '워라밸'을 꿈꾸던 나였는데... 일과 삶의 균형을 지키지 못했다. 스트레스를 해소할 다른 취미를 가졌어야 했다. 하지만 당시엔 그럴 마음의 여유가 조금도 남아 있지 않았다. 출근하면 긍정적인 기운을 갖고 설레는 마음으로 업무를 시작하던 내가, '오늘은 어떤 일로 힘들어질까, 누가 나를 힘들게 할까' 생각하며 퇴근 시간만 기다렸다. 고객을 만나야 하는 직업인데, 전화벨만 울려도 심장이 쿵쾅대며 한숨만 나왔다. 모르는 번호로 전화가 오면 받지 않는 날도 많아졌다. 어느 순간, 이렇게 사는 건 아니라는 생각이 들었다. 다른 일이 하고 싶어졌다. 직업의 귀천이 있다고 생각하지는 않지만, 차라리 주어진 일만 열심히 하면 되는 편의점 알바, 마트 캐셔가 낫겠다 싶었다.

다른 직업을 찾고 싶었지만, 수입을 생각하지 않을 수 없었다. 큰돈을 마련해야 하는, 집 이사를 앞두고 있었기 때문이다. 중요한 이 결정이 시급했지만, 나 자신이 먼저 살아야 했기에 결정은 잠시 미뤄두고 자기 계발을 시작했다. 작년 8월, 책 먹는 여자 최서연 작가님의 재테크 오프라인 독서모임에 참여했다. 8명 정도 모인 자리에서 자기소개를 했다. 자존감과 자신감이 바닥에 있고 의기소침해 있을 때였다. 코로나19로 마스크를 하고 있는 게 어쩌면 이리 다행이던지... 다른 분들은 자연스럽고 당당하게 이야기 하는데, 나만 기어 들어가는 목소리로 말투까지 어눌했다. 책 이야기로 각자 발표를 할 때에도 머릿속에서는 '이 이야기를 해야지' 하는데, 막상 내 차례가 돌아오면 머릿속이 하얘졌다. 그동안 어떤 주제에 대하여 내 생각을 여러 명의 타인 앞에서 이야기할 기회가 많지 않았다는 걸 그때서야 깨달았다.

독서모임을 시작으로 다양한 강의와 프로젝트에 참여했다. 3P바인더, 글쓰기, 블로그, 감사일기, 독서노트, 주식공부, 기업분석, 스마트스토어, 가계부 등등. 자기 계발을 시작한 후 많은 변화가 있었다. 일할 때 외에는 책상 앞에 앉기도 힘들었는데, 책상 앞에 앉아 있는 시간이 길어졌고, 그 시간이 매번 기다려졌다.

특히 독서와 글쓰기로 큰 변화가 생겼다. 책을 읽으면서 그동안 경험하지 못한 지식과 지혜를 쌓을 수 있었다. 글을 쓰면서 잊고 있던 나 자신에 대해 알게 되었고 생각할 시간도 많아졌다. 그동안은 일에만 집중해 나 자신에 대해 생각해 볼 시간이 많지 않았다. 아니 시간이 있어도 그렇게 하지 못했다. 하지만 잠시 일을 쉬면서 자기 계발을 하다 보니 알게 된 것이다.

가장 크게 느낀 건 내가 솔직하고 진정성이 있다는 것과 남들보다 속도가 많이 느리다는 것이다. 읽을 책이 많은데, 꼭 한 권의 책을 처음부터 끝까지 읽어야 직성이 풀린다. 그렇게 하지 않으면 마음이 찜찜하다. 단어 하나, 문장 하나도 놓치고 싶지 않다. 내 스스로가 진정성을 가지고 책을 읽고 싶다. 그것들의 의미를 알고, 음미하고 생각하는 시간을 가지며 온전한 행복을 느끼고 싶다. 당연히 읽는 속도가 느릴 수밖에 없다. 어떻게 보면 미련할 수도 있겠다. 책 읽는 것뿐 아니라 강의를 듣고 결과를 만들어 내는 것도, 수익화하는 것도 남들에 비하면 그 속도가 현저히 떨어진다. 예전 같았으면 많이 조급해했을 것이다. 하지만 지금은 그저 묵묵히 내 페이스를 유지하며 나아가고 있다. 그럼에도 나도 모르게 남들의 빠른 속도를 보게 되면 가끔 조급함이 엄습한다. 하지만 남들의 속도가 정답은 아니다. 타인과 나를 비교하지 않고 나만의 속도로 가려고 노력 중이다. 내 경쟁자는 오직 '어제의 나, 과거의 나' 일뿐 타인이 아니다.

감사일기부터 시작해 5년 동안 쓰는 Q&A 다이어리, 독서노트 및 블로그 글쓰기 등으로 나를 더 알아가는 연습을 하고 있다. 매일 글을 쓰며 나는 어떤 사람인지, 내가 무엇을 좋아하는지, 앞으로 어떻게 살고 싶은지 등을 여전히 알아가는 중이다. 그날의 주제에 대해 생각하며 온전히 나에게 집중하여 쏟아내는 이 시간이 그렇게 행복할 수 없다. 이 시간에 존재하는 건 오직 나뿐이다. 그 누구의 방해도 허락할 수 없는 나만의 시간. 자신감 있고 당당한 모습으로 글을 쓰고, 세상으로 나가고 싶다. 글을 쓰며 나만의 진짜 매력을 뽐내며 살 것이다.

7. 나도 세상에 나가고 싶다 _권미령

　아이를 낳은 후 나에게 세상은 아이뿐이었다. 나와 남편을 오묘하게 닮은 생명체를 바라보며 하루하루 온 힘을 다해 보냈다. 서툰 초보 엄마의 손길에 아이가 다치지는 않을까 늘 조마조마했다. 불안이 높은 나는 아이가 낮잠을 잘 때에도 편히 쉬지 못하고 아이를 바라보고 있었다. 울음이 터졌을 때 재빨리 안아주면 그치고, 우유를 먹이고 트림을 시키면 긴 속눈썹을 파르르 펼치며 잠이 드는 작고 소중한 존재와의 교감. 아기의 온기가 우리 둘의 공간을 가득 채우고 살포시 볼에 와 닿는다. 아이가 할 수 있는 말은 옹알이와 웃음과 울음, 이 세 가지가 전부다. 엄마는 배고픔의 울음인지, 졸림의 울음인지 날카롭게 분석해 내는 통찰력이 생긴다. 아이를 향한 대화를 하며 열찬 육아를 하다 보면 내 안의 수많은 자아와 만난다. 아이를 키우는 일은 하나의 우주를 만드는 것과 같다. 출산하며 아이가 배 속에서 나오는 순간부터 '나'와 '아이'를 어떻게 잘 키울 수 있을지 고민하기 시작했다. 나조차도 부족한 사람인데, 아이를 잘 키울 수 있을까?

　남편은 아이와 나에게 따뜻하고 자상한 사람이지만, 육아의 전부를 함께 나눌 수는 없었다. 회사에서 돌아오면 예쁘게 웃는 아이를 보며 웃어주다가 잠이 들곤 했다. 엄마만이 가지는 고유의 역할과 시간이 있다고 여겼기에, 외롭고 힘든 시간을 '모성애'라 이름붙이며 타내지 않고 혼자 버텼다. 그 고된 시간을 견뎌내야만 '엄마 자격시험'에 합격해 스스로를 인정할 수 있었다. 부질없는 버팀이었다. 피곤하다고, 외롭다고 어린아이처럼 울고, 투덜거리고 타내며 살 걸. 후회만 가득하다. 엄마라면 당연히 거쳐야 할 시간으로 포장하며 육아에 지친 마음을 돌보지 못한 것이 이내 아쉽다. 누군가 옆에서 글을 써보자고 이야기해 주었다면, 책을 읽고 힘내라고 응원해 주었다면 어땠을까?

결혼 전에는 더 넓은 세상으로의 탐험을 즐기던 모험가였다. 스물 셋, 배낭을 매고 대학동기인 여자 친구와 단 둘이 인도여행을 떠났다. 첫 해외여행을 미지의 세계, 인도로 떠난 것이다. 씩씩한 마음을 가득 담아 환경은 열악하지만 지금이 아니면 갈 수 없는 곳으로 떠났다. 5주 동안 인도여행 책자의 지도에 기대어 수도 델리부터 남부지역인 뱅갈로르의 시골마을까지 곳곳을 누볐다. 중부지역의 고아(Goa)에서 남부 뱅갈로르로 가는 어느 날에는 36시간을 기차로 달려가야 했다. 여행 기간 중에는 봉사활동을 하며 영국, 스페인, 프랑스 친구들도 만났다. 낯선 세계로의 첫 여행은 성공적이었고, 회사를 다니면서도 매 년 해외여행을 다니며 더 넓고 새로운 세상으로의 탐험을 열망했다. 결혼을 하면 사랑하는 가족들과의 여행은 더욱 즐거울 것이라는 막연한 기대도 있었다. 현실은, 주말에 친정이나 시댁에 갈 때에도 짐 챙기느라 바빠서 아이들을 두고 가지만 않으면 다행이다. 해외여행에 대한 로망은 가득하지만, 온전히 즐기기 위해서는 아이들이 조금 더 커야 서로에게 즐거운 여행이 될 것이다.

아이를 재우고 나면 밀려오는 허전함은 다른 무엇으로 대체할 수 없었다. 맥주도 한 캔 먹어보고, 재미있는 영상도 찾아보고 일부러 웃어도 보았지만 텅 비어 있는 마음은 채워지지 않았다. '육아(育兒)'는 '기를 육, 기를 아' 라는 한자를 사용해 영아기부터 유아기까지 아이의 신체와 정서가 형성되는 시기이므로 보육자가 안정된 성장을 도와준다는 의미다. 아이를 내가 직접 키울 수 있는 시간은 소중하다. 내가 부모님께 받았던 것보다 더 많은 사랑을 주고, 더욱 따뜻하게 키우고 싶었다. 내가 자라면서 늘 아쉬웠던 점들을 채워주고 싶었다. 항상 대화하며 생각을 나누고 친구처럼 교류할 수 있는 존재로 함께 크고 싶었다. 스스로 만든 높은 기준을 충족하고 싶어 참 애쓰며 살았다. 고상하고 친절한 엄마가 되는 것이 내 삶의 목표였는데, 연년생 아이 둘의 엄마가 되고 나서 모든 것이 무너졌다. 다정하게 존댓말을 쓰던 엄마는 사라지고, 마녀 같은 엄마가 되었다. 육아도, 살림도 제대로 하는 게 아무것도 없는 내가 미웠다. 매일 자기 전에 반성하고, 아침에 일어나면 그대로인 나의 모습이 싫어 한동안 자기혐오로 가득한 시간을 보냈다.

코로나로 아이들과 집 안에 갇혀 보내는 시간이 많아지자 우울한 감정들도 쌓여갔다. 회사에 다닐 때는 다른 사람들과 대화하고 농담도 잘하고 밝았던 내가 집 안에만 있다 보니 아이의 어린이집 친구 엄마와 대화하는 것도 낯설었다. 이렇게 살다가는 나를 지탱하고 있는 다리가 폭삭 무너질 것 같았다. 나를 일으키기 위해 책을 읽기 시작했고, 서툰 나만의 언어로 블로그와 인스타그램에 글을 쓰기 시작했다. 회사에 다닐 때는 일정 관리를 위해 다이어리를 작성했는데, 집에서의 시간은 기록하지 않았다. 아이만 보기에도 바빴으니까. 펜을 잡고 앉는 시간은 사치라 여겼다. 그만큼 마음에 여유가 없었다. 노트북을 켜고 앉을 시간도 없어 휴대폰으로 글을 썼다. 분명 시간이 없었는데, 시간이 생겼다. 할 수 있다고 마음을 먹었더니 할 수 있는 사람이 되었다. 아이들을 유치원에 보내고 혼자 보내는 시간에 멍하니 소파에 앉아 다른 사람의 SNS 계정을 보며 부러워하던 사람. 그게 나였다. 지금은 쓰는 사람이 되었다.

작은 도전을 이어 갔다. 브런치 플랫폼은 알고 있었는데, '내가 무슨 작가야.' '내가 어떤 글을 길게 쓸 수 있어?' 라는 생각에 도전해볼 생각은 하지 못했다. 그러던 어느 날, 지인의 브런치 작가 합격 소식을 듣게 되었다. 순간 머릿속에 '띵' 하는 소리가 들리며 갑자기 용기가 불끈 생겼다. '저 친구도 하는데 나라고 못할 거 있어?' '아! 당장 해야겠다. 지금 하지 않으면 후회할 것 같다.' 오랜만에 느껴본 뜨거움이었다. 아이들을 유치원에 보내고 집으로 돌아와 서재 책상에 앉았다. 두 꼭지의 글을 썼다. 워킹맘의 퇴사 이야기. 흔하디흔한 트렌드였고, '그런 사람이 한 둘이겠어?' 라는 마음도 들었지만, 일단 신청을 했다. 글을 쓰겠다고 마음먹고 자리에 앉았는데, 막힘없이 글이 쏟아져 나왔다. 친한 친구에게만 신청했다고 말했고, 이틀 뒤 합격 메일을 받았다. 10년 동안 다닌 회사를 퇴사하고 육아를 전업으로 하던 내게 타이틀이 생겼다. '브런치 작가 권미령'. 세상 밖으로 손을 내밀었고, 세상이 내 손을 잡아준 것만 같았다. 이제 나와도 된다고, 너도 할 수 있다고 응원하는 소리가 들렸다.

브런치 합격을 계기로 매일 독서를 하고 글을 쓴다. 외로움이 밀려올 때나 육아와 살림으로 지쳐 있을 때 글을 쓰니, 내면의 소용돌이가 멈추고 평화가 찾아왔다. 스피노자의 말대로 외적 원인에 휘말리고 동요할 때 글을 쓰고 있으면 물살이 잔잔해지고 사고가 말랑해졌다. 글을 쓰며 '나'를 세상 밖으로 내보내고 있다. 나의 글이 세상 속으로 깊이 파고들어 글로 사람들을 돕는 그날까지 글을 쓸 것이다. 나의 글이 날개가 되어 세상을 향해 오른다.

8. 글 쓰는 삶에 대한 동경 _최서연

커리어넷 직업정보에 '작가'라고 검색하면 "작가는 타고난 언어 감각과 문장력, 표현력, 창의력, 추리력을 갖추어야 하며, 역사나 사회현상 등 다양한 분야에 관심을 가져야 한다."라고 소개한다. 누구나 글을 쓰는 시대에 살고 있다.《포노 사피엔스》에서 최재붕 교수는 '오장칠부'라는 단어를 썼다. 휴대폰을 손에서 놓지 못하는 시대에 살고 있으니, 전화기가 인간의 장기에 추가된 것이다. 휴대폰을 붙잡고 끊임없이 문자를 입력한다. 어느 세대보다 많은 문자를 소비하고 있음에도 글쓰기는 작가의 고유영역이라고 생각하는 사람들이 있다.

학교 다닐 때 백일장도 나가본 적이 없는 내가 여섯 권의 책을 출간했다. 작가가 되겠다는 우아한 결심은 없었다. 그저 블로그에 내가 쓴 글을 보고 보험 상담이 들어왔으면 좋겠다는 마음이었다. 글을 잘 쓰고 싶어 2016년 11월에 자이언트 북컨설팅의 이은대 작가의 수업을 신청했다. 보험설계사로 일한 지 6개월 정도 됐을 때다. 매일 글쓰기 숙제를 제출했다. A4 종이에 2.5매의 분량을 채워야 했다. 작가가 되겠다고 시작한 것도 아니기 때문에, 매일 흰 종이를 쓰레기통 삼아 마음속 찌꺼기를 비워냈다.

주어진 주제에 맞춰 키보드를 두드렸다. 흰 종이에 검은 글자가 채워질수록 지난 시간이 정리됐다. 서른 살 중반이 넘어서야 '최서연'이란 여자를 만났다. 행복하게 잘 살고 싶었을 뿐, 내가 살아야 하는 이유는 알지 못했다. 글을 쓰면서 아빠를 용서하게 됐다. 초등학교 4학년 때 돌아가신 아빠의 굴레에서 벗어나지 못하고 있었다. 연애할 때는 남자친구가 실수하면 아빠의 모습이 겹쳐서 불같이 화를 냈다. 결혼 이야기가 오갔을 때도 무능력한 아빠의 기억이 겹쳐서 도망을 다녔다.

내 모든 실패를 아빠에게 뒤집어씌우고 미워했다. 간호사 출신 보험설계사가 된 배경을 글로 쓰면서 아빠 이야기를 꺼냈다. 미움만 남아 있을 줄 알았는데, 아빠가 손을 잡고 동네 슈퍼에서 과자를 사 줬던 기억이 났다. 엄마의 잔소리를 피해 함께 쓰레기를 버리러 간 적도 있었다. 글을 쓰다가 눈이 퉁퉁 부을 정도로 울었다. '아빠가 나를 사랑했구나.'라고 그제야 알게 됐다. 글쓰기에는 힘이 있다. 치유의 힘이다. 아빠를 용서했고, 나를 사랑하게 됐다.

내 주변에는 글 쓰는 사람이 없었다. 그래도 책을 읽는 건 좋아했다. 당시 유행이었던 소설을 주로 봤다. 에쿠니 가오리의《냉정과 열정 사이》, 무라카미 하루키의《상실의 시대》, 파울로 코엘료의《연금술사》를 좋아했다. 책의 선택기준은 서점에서 추천하는 베스트셀러였다. 읽고 돌아서면 내용이 기억나지 않을지언정 독서가 좋았다. 현실에서 벗어나서 그들의 세계에서 상상하는 것도 행복했다. 책을 읽은 후 기억에 남기고 싶어 블로그에 짧게 글을 적었다. 벌써 500개가 넘는 책 관련 글이 쌓였다. 읽다 보니 쓰고 싶어졌다.

인간은 성장의 동물이다. 자연스러운 과정이다. 읽고 썼다. 돈이 되는 일이 아니었지만 상관없었다. 인간 고유의 영역 중 하나가 생각하는 것이다. 책 한 권이 나에게 스며들어 사색의 과정을 거쳐 글로 창조됐다. 누구에게도 뺏기고 싶지 않았다. 스스로 지키기로 결심했다. 어디서도 느껴보지 못한 충만감이다.

내가 글을 쓰려는 이유는 엉켜있던 실타래가 풀리면서 작품이 되는 것과 비슷하다. 꼬질꼬질했던 삶이 말끔하게 정돈됐다. 남 탓만 하며 살던 나는 불평이라는 연료로 가득 찬 가스통이었다. "저 사람만 아니면, 내가 이렇게 안됐을 텐데." 못난이 인형처럼 입은 삐죽, 눈은 옆으로 흘기면서 세상을 바라봤다. 스스로 돌보지 않고 세상에 삿대질만 했다.

글을 쓰면 생각 정리가 된다. 내 잘못도 보이고, 상대방도 이해하게 된다. 몇 년 전에 써놓은 글을 보면서 과거의 나를 만나는 경험도 좋다. "아. 이때 이렇게 생각했구나. 지나고 보면 별일도 아니었는데, 내가 예민했었네." 과거의 경험을 통해 오늘을 사는 지혜를 얻는다. 내가 나에게 주는 귀한 선물이다.

"글 써보시겠어요?" 수강생에게 자주 글쓰기를 권한다. "제가 무슨 글이에요? 저 글 못써요."라는 대답이 십중팔구로 돌아온다. 글을 못 쓰니까 써야 한다. "우리가 쉽다고 여기는 모든 것은 쉽기 전까지 어렵다."라는 글을 책에서 봤다. 글이 주는 위로와 힘이 엄청나지만, 그 선물은 포장지를 벗겨내고 상자를 여는 사람의 몫이다. 오늘도 하루 업무를 시작하기 전에 글을 썼다. 이후의 삶은 보너스와 같다. 오늘의 일상은 내일 글쓰기의 글감이 되기도 한다. 내 삶이 글자로 옮겨져서 누군가에게는 살아갈 힘이 된다. 그래서 또 쓰려고 한다.

9. 나의 이야기로 누군가를 도울 수 있다면 _이현주

　대가 없이 누군가를 도와주면서 즐거울 수 있다는 것을 몰랐다. 나는 좋아하는 일과 주어진 일만 했다. 간호학과를 졸업하고 병원에 취업을 했다. 사람들은 간호사를 백의의 천사라고 한다. 나에겐 그저 직업일 뿐이었다. 가끔 방송에서 봉사하는 사람들을 본다. 그들은 봉사가 즐겁다고 한다. 그 사람들을 보면서 '참, 할 일도 없나 보다.'고 생각했다. 그들이 다른 사람들보다 부유해 보이지도 않았다. 잘 살지도 않는데, 봉사하면서 즐겁다니 이해가 되지 않았다. 이유가 궁금했다. 이런 내가 누군가에게 대가 없이 뭔가 해줄 생각을 해봤을 리가 없다. 변명하자면 살아내기에 바빴다. 받는 것도 즐겁게 받지 못했다. 빚을 지는 기분이었다. 나는 그렇게 살았다.

　직장생활 몇 년 후 결혼을 했다. 어쩌다 보니 산후조리원을 운영하게 되었다. 언니와의 동업이었다. 우리는 산후조리원 입지를 어디로 할지 고민했다. 상의 끝에 단독건물에 산후조리원을 열기로 했다. 복잡한 상가보다는 아기와 산모가 조용하고 공기 좋은 곳에서 지내기를 원할 것으로 생각했다. 잘못된 판단이었다. 사람들은 병원 앞의 산후조리원을 선호했다. 시작과 동시에 '내가 이

걸 왜 했을까?' 하는 후회를 했다. 30대 초반은 산후조리원을 운영하기엔 너무 어리기도 했다. 장사는 입지가 중요하다. 분만을 하는 산부인과앞이 명당이다. 그 당시 병원에서는 산후조리원 운영에 관심이 없었다. 어느 순간부터 산부인과가 산후조리원까지 같이 운영하고 있다. 그나마 유지되던 개인 산후조리원의 입지는 더 좁아지기 시작했다. 장사하는 사람들을 좀 더 만나고 사업에 대해 더 공부했었더라면 시작이 달랐을 것이다.

사업을 하면서 필요한 공부를 했다. 학점은행제를 졸업하고 산모들과 관련 있는 여러 자격증을 땄다. 2011년, 모유 119 소속 모유 수유 전문가가 되었다. 젖몸살로 고생하는 산모를 도와주고 싶었기 때문이다. 2017년에는 태교 심리상담 전문가과정을 거쳤다. 태교 공부를 하면서 사람의 마음에 흥미가 끌렸다. 마음에 따라 내가 있는 곳이 천국도 될 수 있고, 지옥도 될 수 있다는 것을 알았다. 의무적으로 시작한 태교 공부가 마음공부로 이어지며 재미가 붙었다. 유튜브를 통해 강의를 듣고 명상센터에도 갔다. 마음 관련 책을 읽기 시작했다. 몇 년이 지나니 나에 대해 조금씩 이해하게 되었다. 사람이 이해가 되었다.

출산하고 몸이 약해지면 마음마저 약해지는 산모들이 있다. 산후우울증이다. "걱정되는 게 있냐? 왜 이렇게 얼굴이 어둡냐!"는 말 한마디에 눈물을 글썽이기도 한다. 별거 아닌 얘기에 위로를 받고 얼굴이 밝아지는 산모도 있다. 말 한마디에 사람은 위로를 받는다. 초보 엄마들은 아기를 안는 것도 겁내고, 아기의 우는 소리는 더 무서워한다. 아기를 안는 법 한 가지만 알려줘도 엄마들은 감탄을 한다. 모유 수유 자세만 제대로 알려줘도 표정이 바뀌는 것을 볼 수 있다. 산모의 마음을 이해하는 게 쉬워졌다.

많은 전문가가 유튜브나 다른 매체를 통해 산모들에게 정보를 제공해 주고 있다. 전문가가 아닌 아이를 키워본 엄마들도 너나없이 자기 경험을 나눠주고 있다. 어쩌면 나도 그들과 별반 차이가 없을지도 모른다. 차이가 없으면 또 어쩌랴. 사람은 백이면 백 모두 다른 생각을 하고 있다. 저 사람에게 맞는 해결법이 다른 사람에게는 맞지 않을 수도 있다. 내가 가진 정보가 도움이 되는 산모가 있을 것이다. 20여 년 동안 현장에서 경험하고 시도해본 여러 가지 해결책을 필요한 산모들에게 제공하고 싶다. 단 한 사람의 산모에게라도 도움이 된다면 그것만으로 좋다.

지금도 모유 수유 전문가로 산모들을 만나고 있다. 십 년 전에는 산모들을 쉬라고 말릴 정도로 모두 모유 수유를 열심히 했었다. 그때와는 달리 모유 수유 열풍이 많이 가라앉았다. 내가 만나는 엄마 외에는 대부분 분유를 먹인다고 한다. 혼자만 모유 수유 중이라는 말이다. 세상이 참 많이 변했다. 안타깝지만 변하는 세상은 어쩔 수 없다. 그런데도 모유 수유를 하겠다고 열심히 노력 중인 엄마들이 있다. 그들을 도와주고 싶다.

어떻게 도와줄 수 있을까. 책, 유튜브 강의, 블로그, 독서 모임 등이 있다. 10년 동안 써온 블로그로 나를 만나는 사람도 있다. 친구소개로 찾아오기도 한다. 사람마다 이용하는 소통방식이 참 다양하다. 어린 아기를 키우는 엄마들이 가장 쉽게 접근할 방법의 하나가 유튜브다. 유튜브를 이용할 수 있다면 유용하겠다고 생각해본다.

예전에 나는 남에게 줄 게 없어서 못 준다고 생각했다. 지금 생각해보니 잘못된 생각이다. 줄 수 있는 게 있다. 20여 년 동안 산후조리원을 운영하고 모유 수유 클리닉을 하면서 얻은 귀한 경험들이 그것이다. 어쩌다 보니 모유 수유 전문가가 되었고, 관심을 두다 보니 많은 것을 알게 되었다. 모유 수유는 아기가 가질 수 있는 가장 귀한 선물 중에 하나다. 모유 수유를 하고 싶어도 정보가 없고 방법을 몰라 힘들어하다 결국엔 포기하게 되는 아기엄마들이 많다. "선생님을 좀 더 빨리 만났으면 좋았을 텐데!"라고 말하는 산모도 가끔 본다. '내가 노력을 더 해야 했는데!' 하는 생각을 하게 된 계기다.

나이만 들면 다 어른이 되는 줄 알았다. 지금 내 나이가 되어보니 그렇지 않다. 어른다운 어른이 되기 위한 노력을 해야 한다. 내 삶에 대해 책임질 수 있고, 다른 사람의 결정에 도움을 줄 수 있는 사람이 되고 싶다.

　이제 나의 경험으로 다른 사람을 돕고싶다. 누군가의 조언이 간절했던 그 시절, 답답하고 막막했던 기분은 지금도 생생하다. 혹시 지금, 삶의 무게에 지쳐 힘들어하는 사람이 있다면, 기꺼이 손을 내밀어 주고 싶다. 평범하고 보잘것없다고 여겼던 내 삶의 이야기를 글에 담아 선한 영향을 전할 수 있다면, 에세이를 만난 지금 행복하다.

10. 오롯이 나만의 시간 _김단비

"띠리리리리리"

새벽 5시 30분. 침대 밖으로 나와 책상으로 향한다. 눈이 반쯤 감긴 상태에서 책을 펼친다. 어제 읽다 만 책을 펼치고 그 속으로 빠져든다. 캄캄한 창문 밖의 모습과 고요한 서재의 분위기. 책과 나만 존재한다. 이 시간이 좋다. 책에 집중도 잘되고 생각 정리도 쉬워서 글도 잘 써진다.

밤을 새기가 일쑤였던 내가 새벽 기상을 한다는 건 기적이다. 새벽에 일어나서 글을 쓰는 것을 포기할 수가 없었다. 글을 쓰겠다고 다짐한 후 처음 한 일이 새벽 기상이다. 이 시간이 아니면 글 쓸 시간을 마련하지 못한다. 저녁에는 유혹이 너무 많다. 재미있는 예능 프로그램이 방영된다. 저녁에 모임이 있으면 글 쓰는 시간은 내일로 미뤄진다. 무엇보다도 저녁을 컴퓨터 앞에 앉아 보내기에는 너무 아까운 시간이라는 생각이 들었다. 졸리기도 하고 사람들과 만나는 시간이 많다.

혼자 있는 시간을 어떻게 보내는가에 따라 우리의 삶이 달라진다. 모두가 잠든 시간, 분주하게 보내는 시간, 나 홀로 그 시간을 온몸으로 느끼며 글을 생산해 낸다. 그 카타르시스는 경험해 본자만이 안다. 다산 정약용도 매일 새벽에 일어나 마당을 쓸었다. 지난밤에 묵은 어리석음을 먼지와 함께 쓸어내리려고 하는 루틴 중 하나였다. 그 마당을 쓸면서 정약용은 새벽의 고요함 속에서 자신을 마주할 수 있는 시간을 만드셨다. 그 새벽 시간은 나를 정화하기에 딱 좋은 시간이다.

새벽에 책을 읽고 나와 마주하는 시간을 가짐으로써 어제보다 더 나은 나를 향해 나아간다. 맑은 정신으로 무장하여 새로운 앞날을 위해 나갈 준비를 한다. 남들보다 뒤처진다고 생각하기보다 책을 읽으며 내 생각을 변화시킨다. 나만의 삶을 살아가려는 연습이 중요하다. 새벽 독서와 새벽 글쓰기를 통해서 다시 태어남을 경험하며 하루하루 발자취를 깊이 남기는 시간을 가지게 되었다.

하지만 이 시간은 사막의 오아시스 같은 시간이다. 일주일에 3일은 새벽에 일어나도 매일은 힘들었다. 주말에 잠만 자는 하루가 되기 십상이고 오전, 오후 내내 꾸벅꾸벅 졸다가 낮에 생산적인 일을 할 수가 없다. 그러다 보니 멍을 때리는 일이 자주 발생하다가 저녁만 되면 다시 쌩쌩해지는 나를 발견한다. 밤에 일찍 잠들려고 누우면 다시 말똥말똥해지는 눈 때문에 늦게 자기가 다반사다. 이런 생활을 몇 번 하니 계속 졸리고 신경질이 나서 생활하는데 힘이 들었다. 하루가 길어서 좋긴 하지만, 몸은 천근만근이고 글도 처음만큼 잘 써지지 않는다. 책상에 앉아서 멍 때리는 시간이 점점 많아졌다. 그렇다고 새벽 기상을 포기할 수는 없었다. 그 고요한 정적에서 글이 써지는 매력을 이미 맛보았기에, 이 습관을 유지하고 싶은 욕심이 생겼다.

문제가 무엇일까? 생각해보니 '체력'이었다. 저질 체력을 가지고 매일 새벽에 일어나 책을 읽은 후 글을 쓰는 등 하루의 일상을 무사히 보낸다는 건 무리였다. 체력을 키우기 위해서 매일 아침 9시, 송도해수욕장에 간다. 준비물은 생수 한 통과 핸드폰, 이어폰, 이 세 가지를 들고 해수욕장을 걷는다. 걷기 전 스트레칭을 간단히 한 후 파도 소리에 귀도 기울이고 바다의 기운을 들이마신 뒤 오디오 북을 켜고 걷는다. 필라멘트 전구 조형물에서 송도 회 센터까지 오가면 1시간이 조금 넘는다. 그 거리를 2시간 정도 걷는다. 이렇게 같은 곳을 한 달 정도 걷다 보면 지겨워진다. 그러면 바다 옆 소나무 숲길로 걸어간다. 소나무 사이로 비치는 햇살이 아름답게 반짝임을 발견한다. 나무에서 뿜어져 나오는 피톤치드 향기에 취해서 걷는다. 새소리도 들리고, 청설모도 가끔 만날 수 있다. 이렇게 자연의 한가운데에 우두커니 서 있으면 나와 마주할 수 있는 시간적 여유가 생긴다. 그 공간에서 나와 자연이 하나가 되는 그 느낌을 온전히 즐기면서 오늘 쓸 글들을 생각하며 바람이 머릿결을 흩날리듯이 머릿속을 한번 시원하게 정리해 준다.

오디오 북에서 흘러나오는 책 읽는 소리를 들으며 머릿속에서 떠오르는 일들을 핸드폰 메모장에 정리한다. 오디오북이 질리다 싶으면 이어폰을 빼고 파도소리, 소나무 소리에 귀를 기울인다. 쓰고 싶은 글들을 상기하면서 어떤 글을 쓸 것인지, 생각하면서 걸어간다.

걷기를 하고 나서 무라카미 하루키가 왜 매일 달리기를 하였는지 이해가 됐다. 걷다 보니 떠오르는 영감들이 많다. 지나가는 강아지에게 시선이 머물기도 하고 지나가는 차들, 눈에 보이는 카페들, 시선이 주변으로 머문다. 이 시간에 걷는 사람은 몇 명 없지만, 각자의 일상을 보내고 있는 모습들을 바라보면서 나만의 일상을 충실히 채우고 싶었다. 바닷가 근처에 살면서 누리는 혜택 중에는 수평선을 바라보며 저 너머의 끝을 상상하는 즐거움도 있다.

권투선수들은 경기 출전 전, 많은 새도복싱과 줄넘기를 통해서 자신을 다잡는다. 그 연습의 시간이 있기에 경기에서 메달을 획득하는 영광을 누리는 것이다. 평소에 글쓰기 연습을 하지 않고 글을 잘 쓰는 작가가 될 수는 없다. 글쓰기도 훈련이 필요하다. 매일 머리를 싸매고 글을 창작하는 일은 힘들다. 그 전에 연습이 필요하다.

글을 매일 쓴다는 건 어려운 일이다. 쓸 때는 아이러니하게 팔다리와 눈은 아픈데 머릿속은 맑아진다. 머릿속의 뇌는 반짝이며 빛난다. 이 맑아지는 뇌를 통해서 새로운 생각들이 만들어진다. 그렇게 힘든 구간을 넘기면 조금씩 내 생각들이 노트에 수가 놓아진다.

혼자가 되어야만 나를 바로 볼 수 있다. 싫은 일도 꾹 참고 견디는 그 인내심은 혼자가 되어야만 길러진다. 그 인내심과 악바리 정신으로 '할 수 있다' 계속 되뇌면서 나를 다독거린다. 이젠 몸이 먼저 반응한다. 잠에서 눈을 뜨면 바로 책상으로 향하고, 오전 9시가 되면 걸으러 나간다.

글을 쓰고 걷는다. 루틴이다. 3개월이 지났다. 포기하고 싶을 때도 있었고, 허무감에 빠질 때도 많았다. 체력도 좋아지고 자신감도 생겼다. 글쓰기가 재미있고 걷기가 즐겁다. 혼자만의 시간이 행복해지기 시작했다. 그만두고 싶은 마음은 또 생길 테지. 그때는 지금까지 내가 쓴 글 펼쳐 보며 다시 마음을 잡으려 한다. 혼자만의 시간. 혼자만의 글쓰기. 혼자만의 걷기. 덕분에 성장하고 있다.

제2장
글쓰기를 가로막는 장벽

1. 난 왜 이렇게 글을 못 쓸까 _나은주

글을 쓰는 것이 어색한 21세기를 살고 있다. 30년 전 중학교 시절. 사생대회를 나가더라도 글이 아닌 그림을 그렸다. 글을 쓰는 것은 나와는 먼 이야기. 내가 즐겨 읽은 책들은 위인전이나 건강 관련 도서, 자기계발 서적 등 좀 딱딱한 내용의 재미없는 글들이다. 더불어 나란 사람도 참 재미가 없다. 친화적인 성격도 아니고 익숙하지 않은 사람들과 대화를 하는 것이 내심 불편하다. 더군다나 나의 감정을 글로 다양하게 표현해야 하는 글을 쓰는 것은 정말 정말 힘들다. 내가 본업으로 하고 있는 학생들을 가르치는 일과는 또 다른 영역이다. 일반적인 강의는 논리적인 이론과 실기를 교육하는 것이기 때문에 단순한 정보 전달의 학습적인 교육은 말주변이 없어도 가능하다. 그래서 여태껏 그 열정으로 견뎌온 것 같다. 강의 교안에 내 경험을 비추어 가르치면 술술술 넘어갈 수 있다. 그러나 낯선 사람들과의 일상적인 대화는 왠지 말을 잘해야 할 것 같고, 또 잘하고 싶은 생각이 머릿속에 머문다. 미리 해야 할 말을 생각하면서 말을 하려니 어색하고 더 주눅이 들게 된다. 그만큼 대화의 질도 상대적으로 떨어지고, 서로가 만족스럽지 못한 대화가 되는 것 같아 유쾌하지 않다. 어느 순간 이런 나를 조금씩 바꿔 가려고 결심했다. 성장하고 싶고 시간적, 경제적 자유를 갖고 싶다. 그리고 남의 성장을 돕고 싶다. 그렇게 하기 위해서는 나의 흔적들을 많이 쌓아놓아야 한다. 내가 좀 더 자신감 있어지기 위해.

나의 내적 빈 곳들을 채우고 싶다. 물론 끝이 없다는 것을 안다. 그러면서 시도는 계속해 본다. 작년부터 운 좋게 서연 선배를 만나 새롭게 목표한 것들에 도달하기 위해 여러 방향으로 도전을 시도해 보고 있다. 새로운 경험들. 코로나 상황으로 비대면 만남이 많은 시기라 시도해 볼 만하다.

비대면으로 온라인 사람들과의 만남. 그들과 만나면서 느꼈던 점 중 하나는 다들 어쩜 그리 본인의 생각을 잘 말하고 감정 표현들을 잘하는지. 매번 줌 모임을 할 때마다 감탄의 연속이다. 그러면서 내가 점점 작아지는 느낌이 들었다. 노트북 안의 세상에서 다양한 직업군의 사람들을 만나는 것이 좋았고, 그들의 생각을 듣는 것도 좋았다. 대면하지 않고 나를 표현하는 것도 새로운 경험이었다. 거침없이 본인을 표현하는 모습과 그들의 성장하는 모습이 부러웠다. 그들을 보면서 다시 한 번 느낀다. '나는 나를 잘 표현하지 못하고 나 혼자만의 벽을 만들어 스스로 그 벽 속에 나를 가두고 있었구나. 좀 더 앞으로 나아가 보자.' 글을 쓰는 것은 머릿속의 생각과 경험들을 글로 표현하며 나 자신을 드러내고 표현해야 한다. 여태껏 그러지 못했기에 글도 쓸 엄두를 못 냈던 것 같다. 누구에게나 아픈 곳은 있다. 그래도 아직도 나를 드러내는 것이 내겐 어려운 인생 미션 중의 하나다. 아직도 생계형 일상의 바쁨 속에서 나에게 시간적 여유를 주며 글을 쓰기 위한 글감을 생각한 적이 전혀 없다. 나에게만 허락된 시간을 주는 것, 그리고 그것을 글로 풀어낸다는 것은 두려움이다. 시간이 있을 때마다 다른 것들을 하느라 더 분주했다.

나에게 글쓰기는

자신감이 없다.
방법을 모른다.
글 쓰는 시간보다 더 중요한 일들이 앞서 산재한다.

이런저런 핑계들을 대고 있었다.
글을 쓴다는 것은 지속적이고 오롯이 나 혼자만의 시간이다.
나 자신을 더 가치 있게 여기고 좀 더 나은 삶을 살고자 하는 소박한 마음의 결심, 생각 그리고 도전이다. '책은 그냥 구매해서 읽는 것이야.' '내 주제에 글은.' '무슨 작가냐, 욕심도 없고 의지도 없다.' 이랬던 내가 지금 노트북 모니터를 켜고 틈틈이 키보드를 두드리며 썼다 지웠다를 반복하며 글을 쓰고 있다. 사람은 바뀐다. 지금 현재, 내 옆에 누군가가 있느냐에 따라 삶의 방향성이 많이 달라질 수 있다. 그 사실을 다시 한 번 느낀다. 평범한 사람도 글을 써서 책을 출판하고 작가가 되는 것을 보며 나 또한 내가 강의하는 것들을 글로 써보고 싶다는 욕심을 내본다. 교안 서적용으로든, 에세이 책이든 한번 만들어 보고 싶어졌다.

무엇이든지 생각만 하지 말고 지금 당장 실행해야 내 것이 된다. 수준 높은 완성작이 아니어도 된다. 매일 글쓰기 근육을 단련하며 연습용으로 글을 써보는 것이다. 지금처럼 한 줄 한 줄.

글을 잘 쓰고 있는 것인지는 잘 모르겠지만, 지금처럼 한 줄 한 줄.

글을 잘 쓰게 하는 마법의 붓이 있어 그 붓으로 술술술 멋지게 써 내려간다면 얼마나 좋을까? 머릿속에는 항상 책과 친해져야 한다는 생각 때문인지, 책에 대한 미련 때문인지 매일 앉아있는 책상 주변에는 항상 여러 책들이 흩어져 있다. 지저분하리만큼 책들이 쌓여있다. 글을 잘 쓰고 싶은 잠재적인 나의 욕망을 까먹지 않으려는 듯. 하지만 글쓰기 관련 책을 읽고 글쓰기 강의를 들어도 글이 자연스레 써지지는 않는다. 배움은 배움일 뿐이었다. 실행! 그래, 생각을 행동으로 옮겨야 한다. 배움만으로는 안된다. 나 혼자만의 시간을 내서 혼자 글을 쓸 시간을 마련하지 않으면 당연히 글쓰기 실력이 늘지 않을 것이다.

해결 방법으로는 무엇이 있을까?

매일 매일 블로그에 글쓰기, 명언 따라 쓰기, 인터넷 서점의 베스트셀러 읽기, 책 필사하기, 유튜브를 활용한 글쓰기 연습 등 할 수 있는 다양한 방법을 시도해 봐야 한다. 매일 매일의 꾸준함의 힘을 느껴야 한다. 아직도 작심삼일이다. 글쓰기는 운동과 같다. 매일 매일 운동을 하면 잔근육이 발달하여 큰 근육을 만든다. '매일의 습관으로 글을 쓴다면, 글을 표현하는 나의 작은 생각들이 모여 큰 생각을 만들겠지.' '결국 공감이 가는 소통하는 글이 나오겠지.' 라는 생각만 해도 뿌듯하다.

억지로라도 환경을 만들어 글을 쓰는 습관을 가져야 한다. 생각 근육, 글쓰기 근육을 튼튼히 하고 싶다. 온종일 뭔가를 써야 한다는 생각에 한 줄이라도 무엇이든 적는다.

생각을 쥐어짜 보자. 누구든 시작이 어렵다. 처음부터 잘하기 쉽지 않다. 지금 이 순간, 이렇게 글을 쓰면서 나를 토닥여 본다. '괜찮아. 잘할 수 있어. 잘하고 있어. 지금 글을 못 쓰는 것은 당연한 거야. 앞으로 잘하면 돼. 인생이 어설퍼야 성장도 하고 재밌잖아. 그래, 그럼 지금부터 Right Now! Go! Go! Go!'

2. 내일부터 써야지 _권미령

매일 저녁 하루를 마감하며 오늘의 할 일을 다 했는지 리스트를 체크한다. 오늘 꼭 해야 하는 일 중에 빨간색 펜으로 별표를 세 개나 그려 강조한 일, '글쓰기' 다. 브런치 글쓰기, 블로그 글쓰기, 인스타그램 글쓰기. 꼭 해야지 다짐해 놓고 잘하고 싶어 매일 마음에만 새기는 중요한 일이다. '오늘 밤은 늦었으니 내일부터 써야지.' 내일로 미룬다.

다음 날 오전 10시, 가족들이 각자의 자리로 떠나고 오롯이 혼자인 시간이다. 어젯밤 아이들을 재우며 갑자기 떠올랐던 글감이 생각나 책상에 앉는다. 영감이 스치는 찰나의 순간에는 반짝이는 별이 쏟아지듯 선명했는데, 앉아서 쓰려니 흐릿한 기억의 조각들만 남았다. 한참을 모니터와 마주 보고 앉아 눈동자만 굴린다. 어슴푸레한 느낌만 남고 아찔하게 다가왔던 그 문장들은 자음과 모음이 부서져 우주 어디론가 날아가 버렸다. 순간을 붙잡지 않으면 내게 찾아온 문장들은 증발해 버린다. 이런 날들이 참 많다. 어제는 전날 사 왔던 프리지어가 자고 일어나니 꽃망울을 팡팡 터뜨리며 활짝 피어 있었다. 활짝 웃어 주는 꽃의 표정을 글로 표현해야지 마음을 먹고는 나의 시선은 꽃병 옆에 놓여있는 아들의 로봇 장난감에 빼껴 버린다. 주섬주섬 장난감을 정리하다 이내 글을 쓰겠다던 마음이 날아가 버렸다. 자고 일어나 화장실 거울에 비친 초췌한 내 모습을 보며 나이 듦에 대해 글을 써야지 생각하다가 딸이 자고 일어나 내 품에 안기는 순간 문장이 흩어진다. 쓰고자 하는 욕구가 올라오다 꺾이기를 반복한다.

책장에서 책을 골라본다. 은유 작가의 《쓰기의 말들》, 나탈리 골드버그의 《뼛속까지 내려가서 써라》는 나의 글 선생님이다. 책장을 넘기며 마음을 예열한다. 머릿속으로 떠올리며 작가가 알려주는 대로 따라가 본다. 마음이 가는 대로 솔직하게 글을 써 내려가라고 한다. 첫 문장을 쓰다가 지우고, 쓰다가 지우기를 몇 번을 하고 나서야 손가락 끝에 긴장감을 잔뜩 묻히고 다음 문장을 이어 간다. 첫 문장이 썩 마음에 들지 않아도 지우지 않고 글쓰기를 이어 간다. 글로 내어놓기 부족한 문장이고, 적절한 단어가 아님을 느끼지만 멈추지 않고 쓰니, 문장의 숨이 길어진다. 비록 한 뼘 정도의 문단이지만, 다시 읽어보면 통째로 지울 문장이라도 썼다는 것에 의미를 둔다. 진도가 나가지 않으니, 미뤄야겠다고 노트북 화면을 덮지 않은 것만으로도 큰 성과다. 다시 문장을 쓰고 지우기를 반복하다가 자리에서 일어난다. 글이 이어지지 않을 때는 글쓰기를 멈추고 다른 신호를 넣어 본다.

커피향에 기대어 보기로 한다. 산미가 풍부한 케냐 커피 원두를 즐겨 마신다. 그라인더에 원두를 넣고 드르륵 갈아본다. 온몸에 그라인더의 진동이 느껴진다. 원두가 그라인더에 들어가 부드러운 커피 가루가 되는 시간이 둔탁한 나의 글이 깎이고 깎여 부드러운 글이 되어가는 시간과 닮았다. 글이 잘 안 써질 땐 커피 원두에도 감정이 과몰입되곤 한다. 뜨거운 물을 커피에 조금씩 내리며 콧속으로 들어오는 커피 향을 흠뻑 들이마신다. 온몸에 고소한 커피 향이 퍼지자, 머리에 '커피 향'으로 입력된 수만 가지의 장면들이 빠르게 지나간다. 장면들을 하나씩 찬찬히 짚어보며 어떤 이야기를 풀어내 볼까 고민한다. 커피를 한 잔 마시면서 글쓰기를 할 마음의 준비를 한다. 커피 덕분에 감성에 불을 지펴 본다.

때로는 너무 많은 생각이 떠올라 산만할 때가 있다. 집안일이 쌓였을 때, 몸이 좋지 않을 때, 해야 할 일이 많을 때 등 이유는 만들기 나름이다. 키보드 위에 손만 올려놓고 멍하니 모니터만 바라보고 있는 시간이 길어진다. 마음도, 머리도 복잡할 때는 일어나서 자리를 잠시 벗어난다. '일단 미뤄둔 일 중 하나라도 정리하자!' 특히 집의 가장 넓은 공간인 '거실'을 말끔하게 치우고 환기를 시키면 마음에 평온이 찾아온다. 가득 찼던 공간을 비우고 청소를 하면 좋은 기운이 들어올 자리가 생긴다고 한다. 베란다 문을 활짝 열고 아이들 장난감, 벗어놓고 나간 실내복을 정리한다. 아이들이 뛰어다니며 놀이하던 모습이 잔상처럼 남아 있던 그 자리가 쓱싹쓱싹 지워지고, 경쾌하고 맑은 공기로 채워진다. 공간을 비우고 나니, 내 마음속 소란스러움도 이내 사라진다. 마음을 비우니, 글이 들어올 자리가 생긴다. '너무 많은 말을 하려 하지 말고 한 가지만 말해야지.' 하는 마음으로 글을 써 본다. 최대한 힘을 빼고 나와 대화하듯 속삭이며 글을 쓰다 보면 또 스르륵 한 페이지가 채워진다. 날 것의 마음 그대로지만, 머릿속을 맴도는 감정을 나만의 언어로 표현한다.

'영감이 떠오르면 글을 써야지.' 했다가는 영영 글 쓰는 리듬을 찾지 못할지도 모른다. 집중하기 좋은 아침 시간에 매일 글쓰기에 집중했다. 처음엔 식탁에 노트북을 펼치고 써보기도 했고, 음악을 틀어놓고 써보기도 했고, 태블릿 피시를 열어놓고 화면을 보며 무선키보드로 써보기도 했다. 여러 가지 환경을 바꿔가며 나의 글쓰는 취향을 찾아갔다. 이 또한 나를 찾아가는 시간이었다. 내 취향은 넓지 않은 공간(우리집 서재), 최소한의 조명, 터치감 좋은 키보드, 늘 앉는 책상과 의자, 음악은 없는 것이 더욱 좋다. 매일 글을 쓰며 깊은 감정을 알아가는 과정도 좋았지만, 디테일한 나의 취향에 대해 알 수 있었다. 글을 쓰는 시간 모두가 내가 좋아하는 것을 알아가는 시간이다.

물론 책과 커피, 청소, 나만의 공간 만들기 모두가 완벽하지만, 진도가 나가지 않는 날도 있다. 그런 날은 최근에 읽고 있는 책을 독서대에 세워 놓고 '노트북 필사'를 해 본다. 마치 내가 쓰고 있는 글인 것처럼! 소리 내어 읽으며 쓰다 보면 생각 정리도 되고 내 글로 이어 가게 되는 연결점이 된다. 그럼 작가님께 '감사합니다.'를 외치고, 글을 쓴다. 글을 쓰기 위해 이런 방법을 시도해 보는 재미도 쏠쏠하다. 그럼에도 즐겁게 쓸 수 있는 것은 나의 글이 남는다는 것. 화가가 그림을 그리고 완성된 작품을 남기듯, 글 쓰는 사람은 글을 남긴다. 내가 여기 존재하고 있음을 알려주는 흔적이다. 오늘도 글을 쓴다. 지금, 여기 내가 존재하고 있노라고 세상에 흔적을 남겨본다.

3. 바쁘다 바빠 _장윤미

'바쁘다 바빠!' 불과 얼마 전까지만 해도 항상 입에 달고 사는 말이었다.

대학 졸업 전, 입사하게 된 첫 직장이 특허사무소였다. 첫 1년을 제외하고는 눈코 뜰 새 없이 바빴다. 특허업계가 원래 그런 것이라고 생각했다. 일이 생기면 미친 듯이 해치웠다. 예고 없이 발생하는 업무가 많았고, 미루면 더 감당하기 힘들어 졌기 때문에, 일이 들어오면 바로 처리할 수밖에 없었다.

오전 9시에 출근하면 야근은 기본이었다. 밤 10시 넘어서까지 야근할 때도 종종 있었다. 조금이라도 일찍 퇴근하고 싶어 뛰어다니면서 일한 날도 많았다. 경력이 쌓이면서 자연스럽게 요령이 생겼지만, 그렇다고 커피 한 잔 여유롭게 마실 시간적 여유도, 남들다 하는 인터넷 쇼핑은커녕 서핑할 잠시의 짬도 없었다. 마음의 여유 없이 그저 일만 했다. 지금 생각하면 인원을 충원해 달라고 할 수도 있었는데, 왜 그렇게 미련하게 일만 했는지 모르겠다. 그래도 이렇게 바쁘게 일해 오며 남은 건 책임감과 성실함이다. 감사하게 생각한다.

일을 시작한 지 10년이 될 때쯤에야 여유가 생겼다. 업무도 조금씩 바뀌며 일에 대한 재미도 붙고 즐기며 일할 수 있었다. 지금은 그 즐거움을 '조금 일찍 알았으면 좋았을 텐데…' 하는 아쉬움이 남아 있다.

결혼 후 회사를 그만두고 공인중개사 자격증을 취득하여 부동산 일을 하게 되었다. 부동산 업무도 모든 게 불규칙하다. 갑자기 고객에게서 전화가 오거나, 사무실에 방문한다거나, 같은 일을 처리해도 일이 마무리될 때까지 수많은 변수가 생긴다. 정신없이 일하다 보니, 매번 시간과 고객에게 끌려다니는 나 자신을 발견했다. 남들은 여유 있게 일도 잘하는 것 같은데, 매일 바쁘다고 이야기하는 나에게 시간 관리가 절실히 필요함을 깨달았다.

매년 '새해엔 열심히 써야지!' 하는 굳은 다짐과 함께 다이어리를 쓰기 시작했지만, 연말까지 꾸준히 쓴 적이 한 번도 없었다. 2018년, 3P바인더라는 것을 처음 알게 되었다. 시간 계획과 기록을 구체적으로 할 수 있는 다이어리이다. 이것을 알게 된 후 우연히 최서연 작가님 유튜브를 발견하고는 영상을 보며 사용법을 독학했다. 2019년 청울림 님의 '자기 혁명 캠프'라는 자기 경영 프로젝트를 통해 사람들과 함께 쓰고 공유하기도 했다. 하지만 일주일 단위의 시간 관리만 하는 주간계획표 및 투두리스트(to-do list)만 사용했을 뿐, 그 쓰임을 제대로 활용하지 못했었다.

그러다 작년 겨울, 3P바인더 원데이 특강을 통해 바인더를 온전히 활용할 수 있는 방법들을 배웠다. 그동안 깨끗하게 비워져있던 곳들을 채우는 시간을 가졌다. 내 바인더가 조금씩 다이어리다운 모습을 갖추기 시작했다. 하지만 시간의 흐름에 따라 기록만했을 뿐, 가장 중요한 계획과 실행이 빠져 있었다. 시간이 흐른 후에 기록만 하는 것은 아무 소용이 없다. 시간을 먼저 계획하고, 그 계획에 따라 실천해야 한다. 목표와 계획을 수시로 들여다보고, 꿈을 위해 올바른 방향으로 가고 있는지, 중간에 수정할 사항은 없는지, 오늘은 계획대로 잘 보냈는지 반드시 점검이 필요하다. 피드백이 없는 삶은 의미가 없기 때문이다. 가끔 누락하는 날도 있지만 매일, 매주, 매달 피드백을 하며 나는 그렇게 성장하고 있다.

주변을 보면 다들 여유로워 보인다. 나만 시간에 쫓기듯 일하는 것 같고 정신이 없다. 불과 얼마 전까지만 해도 내가 정말 바쁜 줄 알았다. 하지만 바쁜 게 아니라 시간을 제대로 관리하지 못해서였음을 깨달았다. 또한 나를 제외한 주변인들은 바쁘지만, 시간 관리를 잘해서 매사에 여유가 있음을 알게 되었다. 시간 관리가 잘되니 당연히 행동에 자신감과 여유가 넘치는 것이다.

어떤 일을 처리할 때 우선순위가 중요하다. '급하지는 않지만 중요한 일'부터 먼저 해야 한다고 한다. 그동안의 나는 그렇지 못했다. 중요하지 않은데 급한 일부터 처리하는 습관이 몸에 배어 있었다. 시간에 쫓기며 일을 해오다 보니, 빨리 처리할 수 있는, 급하지만 중요하지 않은 일부터 처리하는 습관이 생겼기 때문이다. 바쁜 회사 생활의 폐해다. 아니 계획적으로 삶을 살지 못한 내 탓이다. 아직도 이 습관을 완전히 버리지 못하고 있지만, 바인더에 중요한 일은 따로 체크해서 먼저 처리하려고 노력 중이다. 이렇게 하다 보니 자연스럽게 시간 관리에 자신감이 붙고 여유가 생기게 되었다. 예전처럼 허둥대는 일도, 어수선한 정신없음도 확실히 줄어들었다. 나에게도 현재를 온전히 즐기는 여유가 생겼다.

자기 관리는 시간 관리부터 시작한다. 시간 관리도 안되는데 무슨 일을 할 수 있단 말인가? 강규형 대표님의 《성과를 지배하는 바인더의 힘》이 많은 도움이 되었다. 시간 관리의 중요성을 깨닫고 바인더를 통해 시간을 계획하고 피드백하는 습관을 들였다. 계획하고 기록하는 삶. 우선순위대로 처리하고, 그 처리한 일들을 체크하면서 성취감을 자주 느끼고 있다. 하루하루가 더 기대되고, 설레게 된다.

그동안의 나는 바쁘다는 핑계로 글쓰기를 멀리했다. 중요하지만 급하지 않다고 생각했다. 지금은 아니다. 매일 짧게라도 글을 쓴다. 글쓰기가 우선순위 중 하나가 되었기 때문이다. 최서연 작가님의 글쓰기 프로젝트 '글벗'을 이수하며, 이은대 작가님의 《내가 글을 쓰는 이유》를 읽으며 글을 써야 할 이유를 찾게 되었고, 글 쓰는 시간의 소중함과 행복함을 알게 되었다.

다양한 소재로 글을 쓰는 시간은 참으로 즐겁다. 어느 누구의 눈치도 보지 않고 오롯이 '나'에게 집중하여 글을 쓰는 그 시간은 다른 어떤 시간보다 행복하다. 나는 매일 글을 쓸 것이다. 나는 이제 바쁘지 않으며, 글도 쓰는 여유 있는 사람이다.

4. 쓰고 보니 엉망이네 _최연우

　오늘도 컴퓨터 앞에 앉아서 한글 프로그램을 열었다. 머릿속은 어지럽고, 정리되지 않아 엉켜 있는 실타래 같은데, 생각난 글을 쓰다 보면 회사에서 메신저가 오거나 택배가 오기도 한다.

　20년 가까이 재택근무를 하는 직업을 가지고 있다. 회사로 출퇴근하지 않으니, 오가는 시간도 절약되고 짬짬이 집안일을 할 수 있다는 장점도 있다. 하지만 집안일과 회사 일이 분리되지 않다 보니, 자칫 시간 분배가 되지 않으면 엉망이 되기도 한다. 효율성을 높이기 위해서는 시간을 나누어 활용해야 한다. 2시부터 업무 시간이라, 지금도 오전 시간에는 운동이나 독서 모임, 낭독 등을 한다. 글쓰기까지 보태자니, 새벽 시간이나 중간에 비는 시간을 이용한다.

　물론 지금은 작가라고 할 위치에 있는 것도 아니고, 이제 막 글쓰기를 시작하는 초보에 불과해서 몇 줄 만 써도 머릿속이 하얘지곤 하고, 무슨 이야기를 할지 몰라 횡설수설하기도 한다. 쓰고 보면 엉망이다.

　그것은 몰입을 못한 영향이 크다. 그뿐만 아니라 아직은 글쓰기 실력과 연습량도 부족하다. 글쓰기도 연습이다. 처음부터 잘 쓴 작가가 몇 명이나 될까? 그렇게 많지 않을 것이다. 끊임없이 쓰고 노력해야 결국 좋은 작품이 나온다. 몇 년 동안 매일 써 온 사람들과는 분명히 다를 것이다.

　주 2회 필라테스를 하고 있다. 걷기 운동은 작년 6월 1일부터 시작해 하루 6,000보 이상 꾸준히 하고 있는데, 근력이 부족한 나에게는 근력운동도 필요했다. 오랜 시간 컴퓨터 앞에서 좋지 않은 자세로 일해오다 보니 거북목이 되었고, 허리도 아프다. 그래서 선택한 필라테스는 생각보다 힘들었다. 근력운동이라곤 해본 적이 없어 유연성도 떨어졌고, 기초 체력이 없다 보니, 운동 후엔 근육통이 따랐다. 팔다리도 후들거리고 걸음걸이도 엉거주춤해졌다. 어느 날엔 다리가, 어느 날엔 갈비뼈가 아프다. 안 쓰던 근육들을 쓰니, 생기는 당연한 결과다. 하지만 체력이 하루아침에 길러지는 것은 아니기에 꾸준히 지속할 필요가 있다. 더운물로 샤워도 하고, 단백질 보충을 위해 식단에도 신경을 쓴다. 지금의 이 근육통을 견디며 꾸준히 하다 보면 나만의 근력이 생길 것이다.

　글쓰기 또한 마찬가지다. 꾸준한 연습을 통해 글쓰기 근육을 키워야 한다. 나는 이제 막 걸음마를 배우는 단계이다. 잘 달리려면 걸음마 떼는 연습부터 해야 한다. 넘어지고 무릎이 깨지면서 한 걸음 한 걸음 내딛는 단계를 거쳐야 당당히 서서 걸을 수 있고 달릴 수 있다. 넘어지고 깨지는 고통과 아픔 없이 달리기부터 시작할 수는 없다. 내가 쓴 글을 누가 읽어줄까? 내 글을 좋아할까? 이런 고민도 생기지만, 지금은 누군가 읽어주기를 바라기보다 쓰는 것에 만족해야 한다고 생각한다.

글을 쓴다는 것은 나를 찾는 것이다. 글을 쓰다 보면 내가 치유되기도 한다. 다른 사람이 알아주지 않는다고 글쓰기를 멈추면 안 된다. 쓰레기 같은 글이 쌓이면서 수없이 다듬어지고, 고쳐지고 삭제되면서 점점 알맹이만 남게 된다. 그냥 하고 싶은 이야기부터 써보자. 남이 내 이야기를 좋아하지 않을 수도 있다. 남에게 평가받는 것을 무서워하지 말자. 그저 글쓰기만 멈추지 않는다면 언젠가 부끄럽지 않은 글을 쓰게 되는 날이 오지 않을까? 지금은 엉망인 게 당연하다. 부끄러움을 극복하고 써보자. 집중할 수 있는 시간을 가지고 매일 꾸준히만 하면 된다. 꾸준한 독서 또한 당연히 필요하다. 난 아직도 읽어야 할 책들도 많고, 배워야 할 것도 많다.

지금의 나는 누군가와 비교할 수준은 못 되지만, 가끔은 작년의 나, 어제의 나와 비교하며 한 걸음씩 성장해 나가고 있다. 작년의 나는 책을 사서 책장에 꽂아만 두었지만, 지금은 시간을 내어 그 책을 읽고 글도 쓰고 있다. 엉망인 글들이 버려지고 다시 써지고 버려지면서 나만의 보석 같은 글이 될 때까지 써보는 거다. 그런 글들이 모여서 결국 빛을 발하는 나만의 이야기가 나올 것이다. 지금 내가 할 수 있는 최선은 책을 많이 읽고 꾸준하게 쓰는 일이다. 글을 잘 쓰려면 계속 써야 한다. 별다른 비결은 없다.

끊임없이 수정하면서 글쓰기 연습을 반복해야 한다. 물론 글쓰기는 내면을 보여주는 일이기에 부끄럽다. 하지만 그 또한 솔직한 '나' 이기에, 불편하더라도 나의 모습 그대로 드러내야 한다.

글쓰기는 '자기'와의 싸움이다. 얼마나 많은 시간을 앉아서 몰두하는지가 좋은 글을 쓰게 하는 원동력이 된다.

지금 엉망인 나의 글을 하루아침에 향상시킬 방법은 없다. 여러 훌륭한 작가들의 사례를 토대로 나만의 루틴을 만들어야 한다. 첫째는 하루 30분이라도 매일 일정한 시간에 글을 쓰는 것이다. 둘째는 블로그, 인스타그램, 트위터 등의 활동을 꾸준히 하는 것이다. 셋째는 그때그때 이야깃거리를 메모하는 것이다. 지금 힘든 건 글 쓰는 시간이 일정하지 않다는 점이다. 새벽에 일어나고 있지만, 충분한 시간 확보가 안 되고 있다. 들쑥날쑥한 시간을 정리해서 하루에 30분이라도 매일 글쓰기 시간을 확보하려 한다. 결국은 꾸준함이 나만의 글다운 글을 쓰게 하는 동력이다. 지금은 부끄럽지만 진솔한 나의 이야기를 쓰면서 꾸준한 글쓰기! 언젠가는 꼭 나다운 글로, 호칭에 부끄럽지 않은 작가로 가족들과 친구들에게 당당하게 불릴 날을 꿈꾼다.

5. 횡설수설, 산으로 가는 글쓰기 _석승희

    제목을 보자마자 마음속으로 손뼉을 쳤다. 마치 나를 두고 말하는 것 같았다. 이제까지 많이 들었던 말이 '요점만 정리해서 말해!' 였다. 간단명료하게 해야 할 말만 하지를 못한다. 이야기를 하다 보면 그 이야기에 다른 생각이 꼬리에 꼬리를 물고 머릿속을 맴돈다. 하던 말에 다른 말을 이어서 한다. 결국 말하고 있는 나조차 '내가 무슨 말을 하고 있었지?' 라며 자문한다. '어쩌면 내 마음속엔 끊임없이 가지를 치는 이야기 나무가 자라고 있는 건 아닐까?' 엉뚱한 생각을 했다. 자주 듣다 보니 말할 때마다 그 점을 염두에 두게 된다. 간략하게 의견만 전하려고 애쓴다. 그렇게 조금씩 고쳐 가고 있다. 그런데 글을 쓰는 것도 두서없이 말하는 습관을 따라가는 것 같다. 하나의 주제를 가지고 써야 하는데, 다른 주제의 내용을 나도 모르게 덧붙인다. 쓰고 난 후에 읽어 보면 여러 가지 이야기를 늘어놓아 산만한 글이 된 결과가 자주 있었다. 글의 주제는 하나로 이루어져야 한다는 사실을 인지하고 써도 그렇게 써지지 않았다.

    생각 없이 글을 적으면 요점 없이 늘어놓게 된다. 최소한 명확한 제목을 정한 후 몇 가지의 내용으로 전개할지 계획을 세우고, 글을 쓰는 중간에 확인하며 쓴다. 그리고 자신이 쓴 글을 음독하고 스스로 수정하는 과정이 필요하다. 글 쓰는 습관을 기르기 위해 글 연습을 할 수 있는 모임에 참여했다. 개별첨삭 없이 주로 혼자 써보는 방법이었다. 매일 쓰고 인증하면서 막연하게 가지고 있던 글쓰기의 두려움은 줄어들었다. 습관이 되지 않아 술술 막힘없이 쓰지는 못한다. 글쓰기 걸음마를 하고 있는 중이다.

여러 갈래로 얽혀 있는 실타래 같은 나의 생각들. 그것을 풀어내고 싶은 마음이 들었다. 처음에 3줄 분량의 짧은 글부터 적어보기 시작했다. 때로는 감사일기처럼 쓰기도 하고, 사진 한 장을 보고 떠오르는 느낌을 적기도 했다. 현재는 간단한 첨삭을 받을 수 있는 글쓰기 모임에 참여 중이다. 멤버들과 함께하며 5줄 글을 적어보는 것으로 늘여 가고 있다. 책을 좋아하지만 이제까지 글쓰기에 관한 책은 읽어 본 적이 없었다. 그런데 글을 쓰는 연습을 시작하고부터는 글쓰기 방법에 대해 나와 있는 책들에 관심이 가기 시작했다. 그런 종류의 책만 보면 눈을 반짝인다. 어느새 결제 버튼을 누르고 있는 나의 모습을 보게 된다. 작년 가을부터 글쓰기 수업을 등록하고 매달 계속 듣고 있다. 수업 받은 것을 백 프로 활용하고 있지 못해 반성도 된다. 그렇지만 예전보다 글 쓰는 삶에 한 발자국 다가선 느낌은 들고 있어서 듣길 잘했다고 생각한다.

책을 보면서 글쓰기 연습을 한다. 지금까지와는 다른 시선에서 책을 바라보게 된다. 단순히 글자로만 봐왔다. 그런데 이제 문장의 분위기도 보고 목차의 흐름도 살펴보게 되었다. 알고 있던 방법들을 기술해 놓은 글쓰기 책에서는 쓰는 방법을 정리해 볼 수 있었다. 어떤 책을 통해서는 몰랐던 새로운 방법도 알게 되었다. 이제부터 글로 옮길 때 적용하면 조금 더 나은 글을 쓸 수 있을 것 같다. 여러 작가님들이 글을 잘 쓰기 위해서는 책을 많이 읽으라고 조언해 주는 이유를 알 것 같다. 기존과 다른 방향에서 바라보는 독서 방법은 글을 쓰는 동안 실천하고 싶다. 책 속의 문장에서 글을 쓸 수 있는 아이디어를 얻는다. 그에 대한 내 생각을 풀어내면 나의 글이 될 수 있다고 한다. 대부분의 사람들이 글쓰기 자체를 어려워한다. 나도 마찬가지다. 책의 문장을 이용한 글을 쓴다면 어렵지 않게 쓸 수 있을 것 같다. 알고 있지만 실천이 되지 않아 지금부터 시작해 보려고 한다.

매우 단순한 방법인데, 산으로 가는 글쓰기가 되지 않으려면 무조건 많이 써보는 게 답인 듯싶다. 잘 쓰고 못 쓰고를 생각하지 않는다. 막무가내로 쓰다 보면 어느 순간부터 다듬어지지 않을까 생각된다. 모든 일에는 요령이 필요하듯이, 글쓰기의 요령을 습득하는 노력이 필요할 것 같다. 잘 쓴 글을 많이 읽어 본다. 그리고 따라 써보는 것도 도움이 될 것 같다.

사실 여기 자판을 두드리며 풀어내고 있는 이 글도 '무슨 말을 하고 있는 거지?' 반복하여 묻게 된다. 주제가 산으로 가는 글쓰기라고 정말 주제처럼 쓰고 있는 건 아닌지 우려가 된다. 노트북을 펼치고 화면 속 모니터를 바라보고 있을 때는 어떻게 시작할지 당황스러웠다. 한 글자 쓰기 시작하니, 문장이 만들어지고 다음에 하고 싶은 말이 저절로 떠오른다. 나 자신도 놀란다. '못 쓰겠다며 체념하고 실천하지 않았을 뿐이구나!' 하는 작은 깨달음이 스친다. 글 쓰는 모임에 참여하는 것이 가장 효과적인 것 같다. 혼자 쓰지 못하겠다면, 쓸 마음은 있는데 쓰지 못하고 있는 사람들과 함께 쓰는 것도 방법이 될 수 있다. 서로가 쓴 글을 읽어 본다. 느낌을 나누는 시간을 가진다. 그 시간이 즐겁다. 다른 사람의 글을 읽는 재미가 있다. 그 사람에 대해 좀 더 잘 알게 될 수 있다. 저절로 가까워지는 느낌에 자연스럽게 친한 관계가 된다. 글쓰기보다 이런 점이 더 좋다. 이야기를 나누면서 상대방에 대해 알게 되는 것과 글을 통해 타인을 알게 되는 것은 분명 다른 점이 있다. 글을 통해서 아는 것이 그 사람의 내면을 더 깊이 있게 알게 되는 느낌이다. 매일 쓰고 인증이라는 강제적 장치 안에 나를 가둬두니 게으름을 피울 수가 없다. 다른 사람들은 모두 글을 올렸는데, 나만 아직 글을 올리지 못했을 때 스스로 자극이 되고 강제 아닌 강제적으로 행동에 옮기게 된다. 하나 더 있다. 쉬운 글을 쓰라고 들었다. 생각이 복잡해서 알 수 없는 글이 나오는 것 같다. 쉬운 글이 나올 수 있도록 생각을 단순화시켜야겠다. 단순하게 생각하기가 필요하다. 앞에서 말한 세 가지 방법이라면 산으로 가는 글쓰기에서 멀어질 수 있다고 생각한다.

지금까지 글쓰기를 가로막는 장벽으로 '횡설수설, 산으로 가는 글쓰기'에 대해 이야기하고 해결 방법에 대해 세 가지를 적어 보았다. 세 가지 중에 한 가지 방법만 실천해도 엉뚱한 방향으로 가는 글쓰기를 피할 수 있지 않을까. 본래 목적하는 방향의 글을 쓰기 위한 방해 요소 제거에 더욱 힘을 써야겠다. 더 이상 산으로 가는 글쓰기를 하지 않기 위하여.

6. 영감이 떠오르질 않아 _김단비

글을 쓴다. 한 줄만 쓰고는 생각에 잠긴다. 영감이 도저히 떠오르지 않는다. 글자를 몇 개 적다 지우고, 머리를 흩트린다. 다시 글자를 적다가 지운다. 이를 반복하기를 15분. 머릿속이 하얗다. 누군가가 지우개로 머릿속을 문지른 것이 분명하다. 어젯밤 만해도 '글을 이렇게 써야지!' 하며 신나게 잠자리에 들었다. 일어나서 글을 쓰려고 막상 책상에 앉으니 말짱 도루묵이다.

'이를 어떡하지. 오늘 한 개의 글을 완성하여야 내일 쓸 것이 줄어드는데…'

이런 걱정들과 초조함이 내 손을 움직일 수 없게 만든다.

'글쓰기에 대한 두려움은 아직도 벗어날 수 없구나.'

생각하면서 또 한 번 좌절감을 느낀다.

글쓰기가 힘들어 머리를 쥐어뜯는 나의 모습에 남편이 '블랙윙 연필 한 다스'를 탁 책상 위에 올려놓았다. 그리고 짧은 메모를 남겼다.

"이 연필이 수많은 작가를 만들었대. 머리만 흩트리지 말고 연필이 닳고 닳을 때까지 마음껏 써봐. 그럼, 좋은 글이 나올 거야."

이 말에 힘을 얻어 연필을 쥐고 매일 아침 뭔가를 끄적거린다.

책을 필사하기도 하고, 떠오르는 생각들을 무작위로 적어 내려간다. 그러다 보니 다시 글쓰기에 자신감이 조금 생겼다.

글감을 찾아 떠나고 싶다는 생각이 갑자기 들었다. 여유시간을 확보해서 독립영화를 보러 갔다. 결혼 전에는 독립영화를 자주 보았었다. 결혼 후 포항으로 온 뒤 독립영화관에서 영화를 볼 기회가 없었다. 함께 독서 모임을 하는 지인이 포항에도 독립영화관이 있다는 걸 알려 주었다. 글감을 찾을 좋은 기회가 찾아왔다. 독립영화에서 받은 그 다양한 시선들을 가지고 멋진 글을 쓰고 싶다는 생각으로 영화를 보았다. 영화를 더 자세히 관찰하게 되는 나를 발견했다. 카메라의 감독 렌즈에 따라 배경을 살펴보기도 하고, 주인공들의 대화에도 귀를 기울인다. 단어 하나하나에 먹잇감을 찾아 나서듯이 눈은 영화를 뚫어지게 쳐다보고 있다. 생각나는 단어들을 어두컴컴한 영화관에서 열심히 메모한다. 그렇게 적어놓은 글감을 가지고 글을 써보았다. 영화 평론가들의 시선만큼은 아니지만, 나만의 영화 일지들이 완성되었다. 남편이 선물해 준 연필로 쓴 글이라 그런지, 마법처럼 글들이 메모지를 채워가고 있었다.

또 글감을 찾기 위해서 낮에 먹은 김치찌개로 글을 어떻게 쓸지, 김치찌개를 만들면서도 유심히 관찰하게 된다. 집에 있는 강아지가 잠꼬대를 하면서 어떤 소리를 냈는지 귀를 기울인다. 표정은 어떠했는지 강아지의 모습을 들여다본다. 어떻게든 일상에서 글의 소재를 발견하기 위해 주변에 사소한 일에도 관심을 가지며 주의 집중하는 나를 발견하고 소스라치게 놀랐다. 남에게 관심은 1도 없는 1인인데, 남들이 하는 수다에 귀를 기울이고, 친구들과의 대화 속에서도 집중력이 높아졌다. 친구들을 만나 수다를 떤 후 요즘 나에게 자주 하는 말이 "잘 들어 줘서 고마워!"이다. 깜짝 놀랐다. '전에는 경청을 못했었나?' 싶어 친구에게 새삼 미안한 마음이 생겼다. 글감을 찾아 나선 나의 행보가 다양한 하루들이 늘어남에 따라 행복한 삶을 영위하고 있다.

메모를 모아서 책상에 놓는 습관도 큰 몫이었다. 세상에 이렇게 많은 글쓰기 소재가 있는지도 새삼 깨달았다. '내가 관찰하지 않았구나.' '눈을 뜨고도 봉사처럼 살았구나.' 를 깨달으며 많은 곳에 관심을 가지고 주의를 기울이는 노력을 통해 소재들을 찾게 되었다. 예전에 어느 TV 프로그램에서 예술가가 바라보는 시각과 일반인이 바라보는 시각을 비교하는 실험을 하였다. 눈동자의 시선을 점으로 표현하였는데, 하나의 그림을 바라본다. 예술가는 전체적인 곳에 시선이 머물러 까만 점들이 그림을 모두 덮었다. 일반인이 바라보는 시선은 그림의 주인공의 모습에만 머물고 주변에 시선을 두지 않는 결과가 나왔다. 그 모습이 갑자기 생각나면서, 나 또한 그렇게 살았다는 걸 깨달았다.

글을 쓰다 보니 꿈은 무엇인지? 좋아하는 일은 무엇인지? 나를 더 알고 싶었다. 나에게 궁금한 질문들을 하나씩 쓴다. 질문들에 답을 적어가면서 구체적으로 나를 알아간다. 힘든 상황에서 현실적으로 할 수 있는 일은 무엇인지 생각해본다. 글을 쓰면서 선택의 기로에서 최선의 선택을 하는 방법도 알게 되었다. 추상적인 생각들이 점점 구체적으로 변화하는 모습을 발견하였다. 나를 구체적으로 알아가다가 다양한 글에 대한 주제로 글을 쓰고 싶다는 소망도 생겼다. 원하는 것들이 무엇인지 빈 종이를 꺼내서 하나씩 적어본다. 적고 싶은 단어들도 나열한다. 행복, 사랑, 결혼 등등 다양한 낱말들을 쭉 적어보고, 쓰고 싶었던 주제들도 적어본다. 이렇게 적어 놓은 메모지를 책상 앞에 딱 하니 붙여놓았다. 글을 쓰기 전 그 목록들을 찬찬히 살펴본다. 주제를 하나 정하고 글을 적어본다. '말이 되는지 안 되는지 생각 말고 일단 적어보자.' 며 글을 적어간다. 갑자기 생각난 에피소드도 생각나는 대로 적어본다. 설거지를 하다가도 뭔가 쓰고 싶으면 고무장갑을 훌훌 벗어 던지고 종이와 연필을 찾는다. 메모를 열심히 하여 책상 위로 던져 놓는다. 매일 밤 자기 전, 책상 위에 쌓여있는 종이들을 모아서 그 조각들을 가지고 글을 써본다.

글쓰기 실력이 크게 늘었던 건 매일 글을 쓴 덕분이다. 이젠 글을 매일 쓰려고 온종일 글감을 찾아다닌다. 빨래를 하거나 설거지를 할 때도 '나는 누구인가? 나는 무엇을 좋아하는가?' 등 나에 대한 글을 적어본다. 책을 읽다가도 질문이 생각나면 '이걸로 글을 써야지!' 하며 메모도 한다. 그렇게 매일 글을 쓰다 보니 조금씩 성장하는 게 눈에 보였다.

남편이 건네준 연필 한 다스가 매일 글을 쓰게 하는 기적을 만들었다. 처음에는 일주일에 하나의 연필을 다 써버리다가 이제는 2~3일만 지나면 연필을 다 쓰게 되어서 아깝다는 생각도 들었다. 연애 시절에 남편이 대학 졸업 선물로 사 준 만년필이 책상 어딘가에 있다는 게 갑자기 떠올랐다. 다급히 책상 서랍을 뒤져서 서랍 한쪽 구석에 먼지가 뽀얗게 쌓인 만년필이 담겨있는 상자를 발견했다. 6년 가까이 쓰지 않아서 잉크는 말랐고 펜촉은 녹이 슬었다. 만년필을 구입했던 가게에 가서 펜촉을 바꾸고 카트리지를 교체했다. 그리고 사각사각하는 소리와 함께 만년필은 또 다른 글쓰기 도구가 되었다. "좋지 않은 글은 언제라도 수정할 수 있다. 하지만 아무것도 쓰여 있지 않는 글은 수정조차 할 수 없다."라는 말이 있다. 매일 글을 쓴다. 그리고 지우고 또 쓴다. 남편의 사랑이 담긴 연필과 만년필로 매일 글을 쓰는 아내로서 행복하게 하루를 보내며 산다. 그 사랑에 보답하며 영감이 떠오르게 하는 사랑이 있기에 글쓰기가 나날이 성장하고 있다.

7. 오늘은 글을 쓸 기분이 아니야 _이현주

　그놈의 기분이라는 게 참 묘하다. 도대체 뭔지 알다가도 모르겠다. 아무것도 하기 싫은 날이 있다. 평소에 좋아하는 책도 안 읽힌다. 아니, 못 읽겠다. 사람을 만나는 것도 귀찮다. 내가 좋아하는 영화를 봐도 심드렁하다. 우울하고 몸이 땅으로 꺼질 것처럼 무겁다. 남이 써놓은 글을 눈으로 읽는 것도 하지 못하니, 도대체 글을 어떻게 쓸까. 어디 글뿐이랴. 이런 기분일 땐 방구석에 처박혀 아무것도 하지 않고 누워만 있고 싶다.

　지나고 보니 이런 행동은 우울한 기분을 더 심하게 했다. 블로그를 10년째 쓰고 있다. 꾸준히 쓸 때도 있지만, 어떨 땐 며칠씩 건너뛰기도 한다. 글을 쓸 때와 쓰지 않을 때의 블로그 방문 수는 차이가 크다. 당연히 모유 관련 문의도 차이가 있다. 지금 생각해 보니 생계가 달린 문제다. 글을 쓸 수 있는 기분으로 바꿔야겠다.

　몸과 마음은 맞물려있는 톱니바퀴라고 한다. 기분이 좋으면 몸도 가벼워지고, 기분이 나쁘면 몸도 무거워진다. 맞는 말이다. 그건 내 경험이 말해 준다. 기분이 좋을 때는 힘든 일을 해도 힘들지 않았다. 일을 마친 후에 만나게 될 사람이나 약속들이 나를 즐겁게 하기 때문이다. 한마디로 기분 탓이다. 늘 힘들다고 투정 부리던 사람이 아침부터 싱글벙글할 때는 분명히 즐거운 약속이 있을 것이다.

만사가 귀찮고 짜증날 때는 기분 전환을 시켜야 한다. 보고 싶었던 사람을 만나보는 것도 좋다. 맛있는 음식을 먹는 것도 괜찮다. 평소에 하고 싶었는데 못하고 미뤄뒀던 일을 해보는 것도 좋다. 잠시라도 기분을 개선할 만한 일이라면 무엇이든 좋다. 글을 써야 하는데 글을 쓸 기분이 아니라는 것은 그만큼 절박하지 않다는 의미도 있다. 당장 글을 안 쓰면 해고당하는 방송작가라면 어떻게든 글을 써낼 것이다. 사방팔방에서 주제와 관련된 이야기를 끌고 와 글을 완성할 것이다. 책임감이 강한 가장은 가족을 부양하기 위해서라면 투잡, 쓰리잡도 뛴다. 지금 생각하니, 나는 책임감이 부족한 가장이었구나 싶다.

해야 할 일이 있는데 하기 싫을 땐 참 난감하다. '나는 왜 이 정도밖에 안될까, 참 정신력이 나약하구나!' 싶을 때도 있다. '나만 이런 걸까?' '작가로 성공한 사람들도 그런 적이 없었을까?' 성공한 사람은 많은 실패를 해본 사람들이라고 한다. 인기 작가들도 글이 쓰기 싫을 때가 있었을 것이다. 그들이 성공한 원인은 하기 싫어도 해내는 힘을 길렀기 때문일 것이다. 그런 능력이 부럽다.

로봇은 기분이 나쁘다고 할 일을 하지는 않을 것이다. 사람 중에도 그런 경우를 본다. 그 사람이라고 늘 기분이 좋지는 않을 것이다. 기분과 상관없이 할 일을 할 수 있는 능력이 있다. 그런 능력은 반복적으로 하는 행동으로 길러진다고 한다. 꾸준한 행동. 습관이 답이다.

글은 못 쓴다고 하면서 마이크만 쥐면 놓지 않는 사람들을 봤다. 모여서 수다를 떨 때면 그때는 서로 얘기하고 싶어 안달이다. 어떤 교장 선생님은 1시간 동안 연설은 하면서도 글은 못 쓴단다. 글쓰기가 그만큼 어렵다는 얘기일 것이다. 당장 글쓰기가 안될 때는 녹음을 해보는 것은 어떨까. 친구와 수다를 떠는 것처럼, 어떤 주제에 관한 얘기를 해보는 것이다. 이것도 녹음한다고 하니 입이 안 떨어질 수도 있다. 하지만 글쓰기보다는 쉬울 것이다. 방 안을 왔다갔다하면서 말을 하면 더 잘 나온다고도 한다. 떠들다가 말이 안 나오면 쉬어가기도 하고, 이 얘기했다가 저 얘기하면서 횡설수설 혼자서 떠들어 봐야겠다. 이렇게 녹음한 말을 들으면서 정리한다면 글쓰기에 대한 부담을 조금은 덜 수 있을 것 같다.

요즘 나오는 책 제목이 참 특이하다. 저런 것도 책 제목이 될 수 있구나 생각했다. 뭐 어떤가. 책은 작가의 생각을 글로 표현한 작품이다. 작가의 어떤 생각일지라도 글로 쓸 수 있고 책으로 만들 수 있다. 글의 주제가 얼마나 다양할 수 있는지, 내가 미처 생각을 못했을 뿐이다.

사람의 기분은 주위의 영향을 많이 받는다. 사람 때문이 아니면, 사람과 관련된 일로 인한 경우가 대부분이다. 아침에 일어났는데 이유 없이 기분이 나쁜 경우는 거의 없다. 이유가 있다. 예전에는 타인을 탓했다. 저 인간 때문이라고. 내가 열심히 한 일이 좋지 않은 결과를 가져오면 화가 났다. 그냥 그런 결과일 뿐인데. 화를 낼 이유가 없었다. 내가 한 행동의 결과일 뿐이다. 결과가 좋았다면 돈을 더 벌었거나, 승진했거나, 칭찬을 받았을 것이다. 결과는 내가 결정하는 것이 아니다. 받아들여야 한다. 나이가 들고 시간이 흘렀나 보다. 지금은 타인의 말이나 행동에 영향을 많이 받지 않는다. 그 사람이 뭐라 말했든 그건 그 사람의 문제일 뿐이다. 마음의 힘을 키워나가는 중이다.

예전과 달리 책을 쓰는 게 많이 보편화됐다. 한 사람만 건너면 책을 낸 작가를 만날 수 있다. 초보 작가들의 책을 읽어보면 왠지 친숙하다. 인기 작가들의 책과는 또 다른 편한 느낌이 있다. 마치 내가 쓴 것처럼. 글을 쓰는 부담감이 한결 가벼워진다.

글 쓸 기분이 아닐 땐 산책을 나서야겠다. 걷는 것만큼 건강에 좋은 것도 없다고 한다. 걸으면서 햇볕을 쬐면 그 자체만으로 기분을 좋게 해주는 호르몬이 나온다. 쇼핑을 해보는 것도 재미있을 것 같다. 몸은 움직이는 것을 좋아한다고 한다. 사실, 걷다 보면 기분이 좋아지는 경우가 많다. 산책로는 산책로대로, 주택가는 주택가대로 볼 것들이 있다. 머릿속을 비우고 길을 걷다 보면 눈에 들어오는 것들이 많다. 주택가 마당에 심어진 예쁜 꽃들에게 말도 걸어본다. 내가 있는 공간이 넓어지면 그 속에 있는 나는 작아진다. 내가 가진 문제는 나보다 더 작아진다. 걷기를 통해 기분 전환을 하고 글을 쓰면서 내 속을 한번 털어놔야겠다. 이젠 글 쓸 기분이 되었다.

8. 남편과 아이들, 지금 글을 쓰고 있을 때가 아니야 _이지선

"엄마, 또 컴퓨터 해요?" 아이들이 이야기한다. 엉덩이를 의자에 붙이면 5분마다 시작된다.

"엄마, 우유 주세요." "응가 다했어요." 미칠 노릇이다. 아이는 둘이다. 첫째가 화장실에 다녀오면 바톤터치 한다. 둘째 차례다. '주말엔 좀 다를까?' 싶지만 남편이 있어도 마찬가지다. 옹알이만 하던 아이의 입에서 "엄마!"라는 소리를 들었을 때의 감격은 어디로 갔을까? 사람의 마음이 이리 간사할 줄이야. "엄마 좀 그만 부르면 안돼?"라고 이야기한다. 속으로 '그러면 그렇지!' 하고 노트북을 닫았다.

아빠가 있어도 나를 찾지 않는 날이 없고, 남편에겐 꼭 '부탁' 이라는 것을 해야 인심 쓰듯 아이들을 봐준다. 나도 안다. 엄마의 본분은 아이들을 잘 키워내는 것이라는 것을. 아이들에게는 내가 필요하다. 나도 내가 필요했다.

책을 보니, 시간을 확보하는 좋은 방법은 새벽 기상이라고 했다. 오롯이 가질 수 있는 나만의 시간이다. 동이 트기 전에 일어나

보았다. 나의 유일한 책상은 23평의 주방 식탁이다. 식탁의 바로 옆방은 남편이 자고 있다. 새벽은 고요했다. 책장 넘기는 소리, 연필로 줄 치는 소리, 키보드를 두드리는 소리가 내 귀에도 거슬렸다. 다른 방에 가서 하는 날엔 아이들이 눈을 비비며 일어나 찾아왔다. 한번은 노트북을 켜다 식탁 위의 책들을 건드려 바닥에 떨어졌고, 이 소리에 남편이 잠을 깼다. 출근해야 하는데 짜증이 난 눈치였다. 미안했다. 남편은 '이 시간에 키보드를 두들겨야 하냐!' 며 눈을 흘겼다. 가슴을 졸이며 내가 하고 싶은 것을 해야 한다니, 속에서 울분이 났다. '책을 읽는 것도, 블로그 포스팅도 내 마음대로 편히 할 수 없다니...' 방법을 또 궁리해야만 했다.

글을 쓰고 있는 나에게 남편이 한마디 했다. "일어나자마자 노트북부터 켜?"라는 말에 "응, 할 게 있어서!"라고 대답했다. 당당한 척했지만, 거실에서 TV를 보며 놀고 있는 아이들에게 미안했다. 혼자 방에 있는 남편의 눈치도 봤다. 결국엔 노트북을 부숴버리고 싶다는 남편의 이야기를 들었다.

소리 없는 총성, 전쟁이 일어나는 곳, 그곳은 우리집이었다. 가정을 돌보며 어떻게든 나만의 시간을 가져보려는 내가 안쓰러웠다. 허락을 받아야지만 내가 하고 싶은 일을 할 수 있었다. 나는 바인더를 쓰고 있다. 시간 관리 가계부다. 내 삶을 피드백했다. 나의 시간을 리모델링하고 싶었다. 나만의 두 가지 규칙을 정했다.

첫째, 혼자 있을 때 쓸 것. 남편이 출근한 다음, 아이들도 어린이집 등원 후에 나의 일을 하기로 했다. "자유다!!" 내가 글을 쓸 수 있는 황금 시간이다. 눈치 볼 필요도 없다. 나의 시간을 채우기에 충분했다.

둘째, 주말은 가족과 함께할 것. 글을 쓰는 이유는 내가 행복해지기 위함이다. 내가 글을 쓰는 이유의 종착지는 가족의 행복임을 깨달았다. 대화하는 시간이 생기니, 남편에게 내가 왜 글을 쓰는지에 대한 진솔한 이야기도 오갔다. 남편도 조금씩 이해하기 시작했다. 그 사실도 감사했다.

노트북 키보드를 두드리는 일에 나는 왜 이렇게 신이 날까? 내가 글쓰기를 시작한 첫 번째 장소는 '블로그' 다. 결혼, 임신, 출산에 대한 것을 기록하기 시작했다. 그때부터 '글 쓰는 삶' 을 손에서 놓지 않았다. 매일은 아니더라도 꾸준히 썼다. 가족끼리 여행을 할 때면 차에 타서 핸드폰으로 포스팅했다. 그렇게 글쓰기는 나의 돌파구가 되었다.

사랑하는 지금의 남편을 만나 토끼 같은 두 딸을 낳았다. 이유 모를 답답함이 있었다. 글을 쓰고부터 내 마음의 문이 열리기 시작했다. 진정한 나와 마주하게 되었다. 누가 시켜서 하는 게 아닌, 진짜 공부를 다시 시작했다. 나를 가다듬고 마음에서 우러나는 삶을 살기 시작했다. 내 삶, 아이들의 생활, 가족의 추억을 글로 쓰고 사진으로 남겼다. 마음이 풍성해졌다. '가화만사성'. 나의 본분은 아이들을 잘 키우면서 나도 잘 자라게 돌봐주는 것이다. 그리고 가정의 화목이다.

계속해서 기록하며 쓰는 삶을 살 것이다. 균형을 잘 맞추려 애쓰며 노력 중이다. 나의 본분은 '엄마', '아내' 역할이다. 내 삶을 지키는 단단한 사람이 되려 한다. 글을 쓴다는 것은 창조적인 행위이다. 글을 쓰다 보면 내 생각을 적으면서 생산하고, 생각의 원인을 통해 깨달음을 얻으며 무언가를 탄생시킨다.

내 삶은 나에게 에너지다. 오색연가 펜션에서 아이들과 함께한 스파, 용평리조트에서 즐거웠던 아이들의 웃음소리, 홍천 계곡에서의 바베큐를 구워먹던 가족과의 추억, 표충사 계곡에서 먹은 백숙 등 가족과 함께한 시간을 사진과 함께 글로 남긴다. 그 에너지

가 메아리처럼 돌아와 가정에서도 충실한 '이지선'이 된다. 나는
계속해서 쓰면서 삶의 에너지를 충전할 것이다.

9. 중요한 일부터 끝내 놓고 _이경해

　아내, 엄마, 맏며느리, 선생님. 나를 소개하는 데 필요한 단어들이다. 항상 할 일은 많고 늘 바쁘다.

　누구에게나 똑같이 주어진 시간이 나에게는 부족하다. 책상에는 늘 마무리하지 못한 서류와 읽다 멈춘 책이 쌓여있다. 하고 싶은 일이 있는데, 해야 할 일이 끝나지 않는다. 나는 나날을 열심히 사는 것 같은데, 일이 줄지 않는다. 오히려 해야 하는 일이 매일 늘어가고 있다.

　글을 쓰기 위해 저녁 식사를 마치고 노트북을 켠다. 주제에 관한 생각을 정리한다. 생각은 정리가 되었는데, '어떤 말로 시작하지?' 또 고민이다. 이때 "엄마, 배고파요." 나를 찾는 아이들의 목소리가 들린다. 나도 모르게 눈이 시계를 본다. '방금 밥 먹고 정리가 끝나 앉았는데 또 배가 고프다고?' 이해가 안 된다. 하지만 몸은 일어나 냉장고를 연다. 떡이라도 있으면 다행이다. 배달 음식을 검색하거나 마트로 달려가 먹거리를 공수한다. 아이들의 생존권이 앞서며 글쓰기는 나중이 된다.

핸드폰 알람이 울린다. 회사 일을 마무리할 시간이라고 알려주는 장치다. 누가 정해준 것은 아니지만, 중요하게 해야 할 일을 놓치게 되면서부터 알람을 이용하고 있다. 가방을 열어 일거리를 확인했다. 내일 또 다른 일이 생길 텐데, 서류부터 마무리해야 했다. 이렇게 또 글쓰기가 뒤로 물러선다. 자꾸 미뤄지니 조급해지고 짜증이 난다. 누군가 말이라도 시키면 화산이 폭발하듯 화가 치밀어 오른다. 차라리 투명 인간이 되었으면 좋겠다고 생각한 적도 있다. 한껏 예민해진 나에게 남편이 물었다.

"왜 일을 만들어서 힘들게 살아?

　글 쓰라고 누가 강요하지 않았잖아!"

"굳이 꼭 해야 할 일도 아닌데,

　그거 못한다고 스트레스 받아 잠도 못 자고!"

"당신 공부한다고 아이들 공부도 봐주지 못하는데,

　그거 꼭 해야 해?"

"지금 중요한 게 뭔지 잘 생각해 봐!"

남편의 말에 마음이 상했다. 이해를 바라는 건 아니었는데…. 내가 하려고 하는 일마다 제한을 거는 것 같아 기분이 나빴다. 말을 아끼고 잠시 숨을 고른다. 잠깐의 시간이 흐른 후 소파에 누워

있는 남편 앞에 앉아 참았던 말을 쏟아 냈다.

"어, 꼭 해야 해. 누가 시키지 않았지만,

내가 하고 싶은 일이니까!"

"나한테는 내가 하고 싶은 일이 제일 중요해!"

사람에게는 역할이 있다. 역할마다 해야 하는 일을 준다. 역할을 완벽하게 소화하고 해야 할 일을 척척 해내면 좋겠지만, 나는 어려웠다. 글을 쓰기 위해 나 자신과 타협이 필요했다. 가족의 불만을 사지 않으면서 글을 쓸 수 있는 환경을 만들어야 했다. 며칠 밤을 생각하고 고민한 끝에 결론을 내렸다. 지금 물러서면 앞으로 영영 글쓰기를 할 수 없을 것 같았다. 영국의 수필가이자 소설가인 찰스 램은 "바빠서 글을 쓸 수 없다는 사람은 시간이 있어도 글을 쓰지 못한다."고 했다. 중요한 일부터 먼저 하고 난 뒤 글쓰기가 아닌 제일 중요한 위치에 글쓰기를 놓았다.

시간 확보를 위해 지금까지 해 왔던 일을 정리했다. 회사의 경우, 다른 사람과 업무를 분담하고 맡은 일에 대해서는 회사에 머물러 있는 시간과 주말을 활용하기로 했다. 아이들에게도 집안일을 나눠서 시켰다. 가끔 불만스러운 표정이 보이지만, 그 정도는 그냥 감당하기로 했다. 아이들에게도 말보다는 공부하는 엄마의 모습을 보여주기로 했다. 예전만큼 챙겨주지 못하지만, 꼭 필요한 일은 도움을 주려고 한다. 남편에게도 개인 시간과 공간이 필요하다고 이야기했다. 남편은 평상시에도 취미 생활을 존중하고 인정한다. 그래서인지 흔쾌히 허락했다. 다만 건강에 무리가 가지 않게 하는 조건이 달렸다. 매일 일정한 시간에 글을 쓰기 위한 준비를 마치고 책상 앞에 앉는다.

글벗 프로젝트에도 참여했다. 매일 저녁 주제를 받아 글을 썼고, 아침에 일어나 글을 다듬었다. 둘째 아들이 컴퓨터 앞에 서서 한참을 보더니 '엄마, 글 써요.'라며 눈을 동그랗게 뜨고 쳐다본다. '응, 엄마가 어릴 적부터 하고 싶었던 건데 지금이라도 시작해보려고⋯.' 알겠다는 듯 고개를 끄덕인다. 나의 마음을 이해는 했을까? 궁금하다. 가끔 내가 쓴 글에 호기심을 보이며 화면을 쳐다본다. 부끄러운 마음에 노트북을 닫는다. 글을 쓰는 사이에도 본업이 자꾸 스멀스멀 고개를 내민다. 내일까지 마무리해야 하는 일지, 중요하게 작성할 구청 보고 서류, 엄마들에게 쓰는 알림장. '이것부터', '요건만'이라는 단어와 함께 글 쓰는 내 시간을 빼앗아 간다. 며칠 동안 글을 쓰겠다고 앉아 있었는데 결과물이 없었다.

'중요한 일'이 과연 뭘까? 중요의 사전적 의미를 찾아보니 '귀중하고 요긴하다'라는 설명이 나온다. 그리고 다른 일들에 앞서 먼저 해야 하는 일을 중요한 일이라고 한다. 현재 나에게 귀중하고 요긴한 일은 글쓰기이고 다른 일들에 앞서 해야 하는 일이다. 어떤 장애물이 내 앞에 있는지 모른다. 가볍게 넘어갈 수 있는 허들일 수도 있고, 힘들게 올라가야 하는 암벽일 수도 있다. 허들도, 암벽도 다 지나가야 할 일이다. 너무 무겁게 받아들이지 말자. 장애물을 하나씩 넘어가며 내게 가장 중요하고 요긴한 일에 마음을 쏟자.

다른 일부터 끝내 놓고 남는 시간에 글을 써야겠다는 생각은 영원히 글을 쓰지 않겠다는 것이다. 글쓰기를 제일 중요한 일이라고 생각하고 행동하자. 어떠한 일에도 글쓰기가 방해받지 않도록 마음을 다잡는다. '중요한 일을 끝내 놓고'가 아닌, 중요한 일 맨 앞에 글쓰기를 정해 놓고 몸과 마음을 세뇌한다. 글쓰기부터 끝내 놓고 중요한 일을 하기로….

10. 누가 내 글을 읽어주기나 할까 _최서연

일 초가 멀다하고 카카오톡 알림이 울린다. 업무 때문이라는 핑계로 이메일도 시간마다 확인한다. 걸으면서도 휴대폰을 본다. 끊임없이 '클릭 앤 드로우'하는 시대이다. 책을 들고 있는 사람을 보면 반가울 정도다. 2014년부터 독서를 하며 읽는 속도도 빨라지고 책을 선정하는 기준도 생겼지만, 읽는 양보다 홍수처럼 출간되는 책이 더 많다.

온종일 책에 파묻혀 지내는 날도 있다. '책 먹는 여자'라는 브랜딩 덕분에 책을 보는 것 자체가 수입과 연결되지만, 본업이 있는 사람들은 읽는 것부터 시간이 걸리기 마련이다. 하물며 글 쓰는 행위는 산 넘어 산이다. 자신과 무관하다고 생각하거나, 쓰고 싶지만 시작하기 전에 포기하기도 한다.

2017년부터 책을 냈다. 수강생 중에도 작가가 된 사람이 족히 50명은 넘는다. 나의 지난 고민과 수강생에게 들었던 글쓰기의 힘든 점을 정리하면 이렇다.

첫째, 남의 시선을 의식한다. "시댁 식구가 보면 어떻게 해요?", "아직은 밝히고 싶지 않아요."라고 말하며 걱정부터 한다.

모든 사실을 밝힐 필요도 없고 내가 말할 수 있는 만큼만 적으면 된다. 가족들도 책을 사줄지언정 시험 공부하듯 꼼꼼하게 보지도 않는다. 아빠 기일이라 광주 엄마 집에 다녀왔다. 언니가 냄비 놓을 장소를 찾다가 급히 책 위에 얹었는데, 내 책이었다.

둘째, 무엇을 써야 할지 모른다. 그래서 '주제'가 있으면 좋다. 주제는 글감에서 나온다. 동네 시장에서 겪었던 일, 친구와 통화하면서 느꼈던 점, 인스타그램을 보다가 떠올랐던 기억 등 뭐든 좋다. 객관적 사실에 주관적 생각을 조합해서 쓰면 된다. 글감을 찾았다면 따로 메모해 둬야 한다.

생각은 휘발성이라 금방 잊어버린다. 에버노트, 휴대폰 메모앱을 활용해서 글감을 모아 둔다. 나는 몇 년 전까지 에버노트 프로그램을 활용해서 사진과 함께 간단한 메모를 작성했다. 요즘은 인스타그램에 짧은 글이라도 올려 바로 생각을 표현하려고 한다. 사람들의 반응도 볼 수 있으니, 생산자의 입장에서 도움이 된다. 그런 사진과 글이 백 개만 모여도 또 다른 콘텐츠를 만들어 낼 수 있다. 일상에서 글감을 찾기가 어렵다면 '네이버 블로그 씨' 질문을 활용하면 된다. 매일 블로그에 하나의 질문이 배달된다.

셋째, 글 쓰는 시간이 부족하다고 말한다. 이 글을 쓰는 시간은 오전 6시 53분이다. 6시에 알람을 맞춰놓고 일어나 화장실에 다녀왔다. 비몽사몽이지만 명상하고, 사과주스를 한 컵 마시고 노트북을 켰다. 일어난 지 한 시간이 되어가지만, 아직도 졸리다. 피곤하지만 아침 시간을 활용하는 이유는 일상을 유지하기 위해서다. 한정된 시간에 해야 할 일이 정해져 있고, 어떤 일을 추가로 해야 한다면 시간 블록을 재조정해야 한다.

태생부터 잠순이인 나도 아침시간을 선택할 수밖에 없었다. 아침은 방해받지 않는 시간이다. 수십 명의 작가를 인터뷰하면서 언제 책을 쓰는지 물어보면, 대부분이 '아침 시간'이라고 말했다. 초고를 쓰는 경우엔 한 달 또는 두 달 기한이 정해져 있기 때문에 그때만 집중하면 된다. 하루 한두 시간의 잠을 포기하고 글을 쓰면 결과물이 나오는데, 시작하지 않을 이유가 없다.

넷째, 글을 써본 적이 없으니까 안 쓰는 경우다. 누구나 처음은 있다. 잘 나가는 베스트셀러 작가도 처음은 있다. 사람들은 화려한 조명 아래 당당하게 서 있는 배우의 모습만 본다. 그 자리에 오기까지 노력한 뒷모습은 놓친다.

2017년부터 유튜브를 했다. 지금도 영상 촬영 작업은 어렵지만, 예전만큼 힘들지는 않다. 불과 1~2년 전의 촬영한 영상만 봐도 어리숙한 나를 만날 수가 있다. 그만큼 발전했다는 증거다. 글을 쓰고 싶다면 내가 좋아하는 작가의 초기 작품을 읽어보자. '세스 고딘'을 좋아해서 그의 책은 수집해서 볼 정도다.《보랏빛 소가 온다》,《이카루스 이야기》,《마케터는 새빨간 거짓말쟁이》등 세스 고딘의 예전에 출간됐던 책도 도움이 됐지만, 2021년에 나온《더 프랙티스》를 읽으면서 작가의 생각이 깊어졌고, 더 멋지게 변했다고 느꼈다.

글을 쓰고 싶은데 도움을 받고 싶다면 글쓰기 수업을 듣거나 관련 책을 읽으면 된다. 글을 쓰면서 배우는 수밖에 없다. 실행 없는 배움으로는 제자리걸음만 할 뿐이다.

마지막으로, 누가 내 책을 사서 볼지 걱정부터 하는 것이다. 맞다. 그러니까 글을 쓰기 전에 대상자를 명확히 하면 된다. 이 책의 대상자는 여성이다. 아이를 키우고 회사를 다니지만, 자신의 꿈을 놓지 않는 우리들의 이야기다. 하루 중 몇 분의 시간이라도 떼서 자신과 대화하고 글을 쓰며 나를 찾는 연습을 했던 과정을 나누는 책이다. 대상자가 정해졌으면 두루뭉술하게 말하지 말고 그 사람을 앞에 놓고 말하듯 쓰는 연습을 해도 좋다. 판매에 대한 부담감이 있다면, 글을 쓰면서 주변 사람에게 도움을 청해보는 것도 방법이다. "책을 쓰고 있는데요. 두 달 후에 나올 것 같아요. 그때 한 권 사주시겠어요?"라고 웃으면서 부탁해보자. 사 주면 고마운 거고 안 사 주면 그만일 뿐이다.

한 번쯤 내 이야기를 쓰고 싶었다

제3장
글 쓰면서 배웠다

1. 누구에게나 상처 하나쯤 있다 _김단비

고등학교 때 일이다. 쉬는 시간마다 책을 읽고 있는 나에게 한 친구가 연애편지를 대신 써달라는 부탁을 하였다. 나는 손사래를 치며 "나 글 못 써" 하며 거절하였다. 친구는 나의 거절에 그 뒤 말을 건네지 않았다.

'나는 정말 글을 못 써서 부탁을 거절한 것뿐인데...' 속이 상했었다.

'글을 잘 쓰지 못해!' 이 말을 하는 게 부끄러웠다. 내 글을 읽고 누군가 비웃을까 봐. 상처받을까 봐 아무 말도 못하고 우두커니 서 있었다.

세상에는 많은 다독가가 있다. 나 또한 그런 다독가들의 삶을 동경해서 일 년에 100권 읽기, 1년에 365권 읽기에 도전을 하였다. 독서에 매력을 느낀 후 책과 가까이하는 삶을 살게 되었다.

이렇게 책을 좋아하는 사람들이 말을 잘하거나 글을 잘 쓰는 건 아니다. 내가 그러했다. 학창 시절에 학교에서 주는 다독상을 매년 받았지만, 매번 백일장에서 상을 타지는 못하였다. 학교에서 하는 토론대회는 다 참가하고 수상을 하였지만, 소감문 쓰기에는 매번 소심한 아이가 되어버렸다. 머릿속의 생각을 정리하는 방법을 몰랐다. 느낀 감정을 언어로 잘 표현하는 방법을 잘 몰랐다. 지금도 마찬가지다.

내가 글을 두려워하기 시작한 건 초등학교 6학년 때다. 겨울방학 숙제로 일기를 쓴다. 친구들은 열심히 개학 전날까지 미루다가 한꺼번에 써서 일기장을 제출했지만, 나는 꾸역꾸역 매일 자기 전에 일기를 쓰고 방학 숙제로 제출했다. 아마 그 당시 선생님께서는 내 일기장에 빨간색 색연필로 '노는 것도 좋지만 이제 공부 좀 해야지!' 라는 글을 적어 놓으셨다. 난 그 뒤로 친구들과 같이 개학 전날에 일기를 쓰는 아이가 되었다. 그리고 일기를 쓰는 것을 싫어하게 되었다.

학교에서 백일장에 나가서 상도 많이 받고 독후감 관련 상도 많이 받았는데, 그 일이 있고 난 뒤로 글을 쓸 때 두려움이 생겼다. 누군가 나의 글에 빨간색을 칠할 것 같은 느낌에 글을 쓰는 것을 멈췄다. 글을 쓰는 대신 독서 모임에서는 말이 많은 학생으로 찍혔다. 학창 시절의 토론 시간에 친구들이 말 한마디 안 할 때 나 혼자 주저리주저리 떠들다 보니 독서 토론대회에도 많이 참가하였다. 독서 자존심은 하늘을 치솟았다. 그렇게 글을 쓰는 것을 멀리하고 책을 좋아하니, 책을 읽는 것에만 집중하며 지내왔다.

이런 고민은 어른이 되어서도 계속되었다. 책만 읽어대는 나에게 사람들이 말한다.

"책을 많이 읽으시니 글도 잘 쓰시겠네요. 글 하나 부탁해도 될까요?"라는 요청들이 많아졌다. 나는 어릴 때처럼 열심히 거절하면서 조용히 사라진다. 이게 스트레스였다. 회사에서도 글을 쓰는 일을 나에게 자주 맡기기도 하고, 어느 모임에 가도 글에 관해 물어본다. 글쓰기를 정말 싫어하는데, 매번 거절할 때마다 땀이 삐질삐질 났다.

독서 모임에 참여하여 열띤 토론을 한 후 항상 같은 모임 사람들이 '그렇게 자기주장을 잘하는데 책 쓸 생각 없냐'며 여러 번 책을 써보자는 제안을 하였지만, 난 그 자리에서 조용히 사라졌다.

그런 경우가 많다 보니, '글을 꼭 써야 하나?' 하는 생각이 든다. 책을 읽다 보면 작가님들이 글을 쓰고 나면서 치유의 글쓰기, 혹은 더 깊은 독서를 하게 되었다고 고백한다. 그 느낌은 무엇일까? 궁금하기도 하였다. 도서관에서 글쓰기와 관련된 책들을 양손 가득히 빌리곤 한 달 동안 읽었다. 다 읽고 나서, 글쓰기를 포기하였다. 어린 시절의 선생님처럼 내 글에 빨간색을 그으며 고치는 작업이 필요하다고 책에서는 말하였다.

머리 쥐나면서 글을 만들어 내는 게 싫었다. 그냥 책을 읽으며 작가님들이 만든 글들을 읽으며 생각의 폭들을 넓혀가는 게 훨씬 쉽고 즐거운데, 굳이 글을 쓸 필요가 있을까 생각하여 몇 달을 글쓰기의 압박에 시달리다가 깨끗이 포기하였다.

그러나 마음속에서는 글을 못 쓴다는 죄책감 같은 것이 자리하고 있었나 보다. 글쓰기와 관련된 강의나 수업을 계속해서 찾아보는 나를 발견하였고, 결국에는 쓰게 되는 나를 발견하였다. 처음 글을 쓰는 것에는 고통이 따른다. 한 줄도 못 쓰고 시간이 낭비되는 것에 나를 자책하기도 하고, 필이 꽂혀서 막 쓰고 만족한 후 다음 날 보면 오글거리는 그런 경험을 하였다. 그러다 보면 '글을 꼭 써야 하나?' 하는 자기합리화에 빠져 글을 포기하게 되기도 한다. 이런 경험을 여러 번 하다 보니 이제 익숙해졌다. 글을 잘 쓰고 싶다는 생각과 어려운 글쓰기는 포기하고 싶다는 두 가지 생각이 머릿속에서 싸운다.

어느 글쓰기 책들이나 하나같이 말하는 것이 있다. '매일 써라!' 이 말에 '누가 못해서 그러나!' 하며 콧방귀를 꼈지만, 글쓰기의 두려움을 깨고 나온 사람들은 모두 매일 글을 쓴 사람들이었다. 심지어 존경하는 작가인 무라카미 하루키도 매일 20매의 원고지를 쓰고, 베르나르 베르베르 또한 매일 4시간 30분 동안 글을 쓴다고 한다. 이런 천재 작가들도 매일 글을 쓰는데, 나는 두려움 앞에 멈춰 서서 글을 쓸까 말까 고민만 하고 있다. 되든 안 되든 하루키처럼 원고가 있어야 글이라는 게 생기는데, 그 시작이 두려워서 쓰지 않았다.

이 생각에 매일 글을 쓰는 모임에 가입하였다. 매일 아침 6시에서 7시까지 줌을 켜고 각자 글을 매일 쓴다. 생각나는 대로 막 쓴다. 책을 읽고 감명 깊었던 일, 어제 하루의 일기, 누군가에게 보내고 싶은 편지, 소설 등 다양한 것들을 머릿속에서 끄집어내서 글을 적어간다. 매일 5,000자를 적겠다는 생각으로 꾸준히 3개월을 썼다. 처음에는 5,000자를 쓰는 데 3시간이 걸렸지만, 지금은 2시간이면 완성된다. 이렇게 매일 글을 쓰고 있다고 아는 작가님에게 은근슬쩍 말했는데, '사실 난 매일 욕을 적어'라며 자신의 비밀을 알려주기도 했다. 매일 스트레스 쌓이는 일들, 입에 담을 수 없는 말을 글로 쓰면서 스트레스를 해소하였더니, 3년 후 작가가 되었다고 말해 주었다. 그분의 말에 웃고 넘겼지만, 매일 꾸준히 하는 글쓰기를 이기는 것은 없다는 생각이 든다.

"상처를 새살로 만들 것인지, 흉터로 남길 것인지는 나에 따라 달렸다."는 말이 있다. 어릴 적 상처에 매일 글쓰기라는 마데카솔을 바르고 있다. 새살이 솔솔 돋아나고 있다. 어릴 적 글쓰기에 작아지던 나를 토닥이며 이제 글을 쓰는 데 두려워할 필요 없다고 용기를 건네준다. 이제 너의 마음속 깊이 간직해 둔 작가의 꿈을 펼칠 수 있다며 손을 내밀어 본다.

2. 글 쓰며 배웠다. 나를 찾는 시간 _이경해

자기계발에 관심을 가지면서 나에 대해 궁금해졌다. 이제 곧 오십인데, 나에 관해 이야기하는 것이 어려웠다. 좋아하는 음식은? 좋아하는 색깔은? 하고 싶은 일은? 스스로에게 질문을 던진다. 한 개도 명확한 답이 나오지 않는다. 나를 알고 싶다는 마음으로 2021년 9월, 아티스트웨이 12주 과정에 참여했다. 아침잠이 많은 내가 6시에 일어나 글을 썼다. 주제도 없이 생각나는 대로 펜을 움직였다. 쓸 내용이 없는 날은 페이지 가득 하나의 문장만 반복해 쓰기도 했다. 일주일에 한 번씩 혼자만의 데이트도 즐겼다. 홀로 한강을 산책하고, 서점에 가서 책 냄새도 실컷 맡았다. 한 달마다 갖는 온라인모임을 통해 다른 사람들과 이야기도 나누었다. 이전과 다른 삶을 경험하는 시간이었다. 아쉽게도 나는 12주 과정을 끝까지 마치지 못했다. 밤늦게 잠들어 아침에 일어나는 게 힘들었고, 무엇보다 내 의지가 약했다. 나를 찾겠다는 도전은 실패했다. 그렇지만 내 의지가 생각보다 강하지 않다는 것을 깨닫는 시간이었다.

남편은 나를 '책 호구'라고 부른다. 서점에서 훑어보아도 될 책을 굳이 소장하고 있다며 붙여준 별명이다. 호구 노릇은 싫지만, 공간만 허락된다면 세상의 모든 책을 소장하고 싶다. 어렵고 힘든 일이 생길 때마다 책을 통해 위로받았다. 나보다 더 힘들게 산 사람들의 경험을 쓴 글을 읽으며 마음의 위안과 배움을 얻는다. 곧바로 실천하지는 못해도 언젠가는 나도 그렇게 할 수 있다고 믿는다. 2021년 2월, 업무에 지쳐 퇴직을 꿈꾸었다. 아직 실천하지 못했지만, 그 무렵 내가 하고 싶은 일에 대해 깊이 생각을 했다. 어린 시절부터 하고 싶은 일이 많았다. 그중 하나가 작가다. 작가를 직업으로 생각하진 않았다. 다만 내가 쓴 글로 사람들의 마음을 위로해 줄 수 있었으면 좋겠다는 생각을 막연하게 했었다. 잊고 지내왔는데 문득 그 꿈이 생각났다. 순간 그동안의 우울, 절망, 불안의 그림자가 씻겨 내려갔다. '글을 쓰자!' 마음먹었다. '하지만 어떻게 쓰지?' 다른 고민에 빠졌다. 업무적으로 보고서와 소통을 위한 글쓰기를 매일 하고 있었지만, 생각과 경험을 글로 표현하기가 쉽지 않았다.

2022년 2월 7일, 글벗 4기가 시작되었다. '자기소개'가 첫 주제였다. 아직 나에 대한 해답을 찾지 못했는데, 나를 소개하는 글을 써야 했다. 첫날 아침, 나를 어떻게 소개할지 겁이 났다. 첫 문장부터 막혔다. 글벗에서는 글만 쓰는 것이 아니라 글쓰기 관련 책을 같이 읽는다. 4기 필독서는 《작가의 문장수업》이었다. 평상시처럼 책을 먼저 읽었다. 첫 번째 주제는 〈왜 말은 할 수 있는데 글은 못 쓰는가?〉였고 두 번째 주제가 〈'뱅글뱅글' 돌아다니는 생각을 말로 번역하라〉였다. 일하는 틈틈이 나에 대해 생각하고 메모지에 기록해 첫 글을 완성할 수 있었다. 뿌듯하면서도 뭔가 아쉬운 감정으로 게시 글을 올렸다. 회사에서 중간관리자로 일하다 보니 다른 사람들이 쓴 글을 읽고 피드백을 주는 경우가 종종 있다. 하지만 내가 쓴 글을 다른 사람이 읽고 직접적인 피드백을 해주는 경험은 처음이었다. 첫날 피드백을 받고 알았다. 글을 쓰면서 '제가' 라는 말을 그렇게 자주 사용하는지, 글에서도 겸손해야한다는 강박관념이 있었나 보다. 피드백 받은 내용을 적용해 글을 바꿔 보았다. 읽기 편하고 부드러워졌다. 다른 사람들에게 자기글을 자주 보여주는 것은 글을 많이 써보는 것만큼 중요함을 깨닫게 되었다. 피드백을 받을 수 있다는 것, 내게는 행운이었다. 주제를 받고 피드백을 적용한 글쓰기를 21일 동안 지속했다. 4기를 마치고 글벗 5기에 연달아 참여했다. 글을 쓰면서 잊고 지냈던 추억을 하나씩 떠올렸다. 그 추억들을 하나씩 글로 적었다. 글을 쓰면서 나를 찾아가는 시간을 가질 수 있었다. 프로젝트를 마무리하고 문집 작업이 진행되었다. 직접 참여한 것은 아니지만, 나를 알리는 글과 내가 그동안 썼던 글 중 한 편이 실린다고 하니 긴장이 되었다. 캠퍼스 카페에 들어가 그동안 쓴 글을 쭉 읽었다. 글 속에 내 인생이 고스란히 담겨있었다. 학창 시절의 일화, 부모님께 가졌던 생각과 감정들, 내가 가진 사고방식 등 그냥 잊히고 지나쳤을, 혹은 사진으로만 남았을 추억들이 고스란히 글로 남았다. 더불어 그때 느꼈던 불안함, 서러움의 감정 찌꺼기들도 해소할 수 있었다. 당시 받아들이기 어려운 상황과 감정들로 지금의 내가 만들어졌고 성장할 수 있었다는 것을 알게 되었다.

나는 이제 막 엄마 배에서 나오기 위해 기다리는 신생아 같은 글쓰기 초보자다. 작가라 호칭하고 싶지만, 아직은 그 배움의 깊이가 너무 얇다. 신생아는 스스로 할 수 있는 게 얼마 없다. 엄마, 아빠에게 하나씩 배워 세상을 살아가는 힘을 길러간다. 시간이 지나면서 할 수 있는 기술들이 점점 많아진다. 그렇게 어른이 된다. 가끔 나는 생각한다. 글을 쓰기에 이미 내가 나이를 너무 많이 먹어버린 것은 아닌지, 이 나이에 글을 쓴다는 것이 의미가 있을까? 하는 생각이 행동하기를 주저하게 만든다. 늦은 나이에 작가가 된 것으로 유명한 C. S. 루이스는 이렇게 말했다. "새로운 목표를 세

우거나, 새로운 삶의 꿈을 꾸기 위해 결코 늦을 때란 존재하지 않는다." 새로 시작하기에 늦을 때란 없다. 어쩌면 내 인생에서 글을 쓰면서 배울 수 있는 가장 빠른 시기일 것이다. 지금 쓰고 있는 이 글은 또 다른 세상으로 나가는 출입구가 되어 줄 것이다. 글쓰기를 통해 내가 모르는 더 많은 것들을 배울 것이다. 세상으로 나갈 힘을 기를 것이다. 온전히 나를 찾아가는 시간을 만들 것이다.

내 경험으로 글을 쓴다는 것은 기억에서 사라진 나를 찾는 시간이었다. 즐겁고 행복했던 기억이 떠올라 그때의 감정으로 흐뭇하게 웃었다. 때로는 아픈 기억에 울면서 자신을 위로하는 시간도 가졌다. 글쓰기를 통해 과거의 나를 찾았고, 현재의 내 모습을 바라볼 수 있었다. 또 미래의 내가 어떻게 살아가야 하는지 방법도 알게 되었다. 앞서 아티스트웨이 과정의 글을 쓰며 생각보다 의지가 강한 사람이 아니라는 것을 알았다. 글벗 프로젝트 두 기수를 완주하면서 강한 의지를 성장시켰다. 앞으로도 글을 쓰며 배움을 지속할 것이고, 계속해서 나를 찾고 성장시키는 데 집중할 것이다.

3. 철학이 별건가 _권미령

아이들을 유치원에 데려다주고 나오며 나와 비슷한 나이대의 직장인 여성이 나를 스쳐 지나간다. 진한 향수 냄새가 내 코를 뒤덮는 짧은 순간, '내가 회사에 다니고 있었다면, 저 사람처럼 정장을 예쁘게 입고 출근하는 길이었겠지?' 라며 상상해 본다. 현실의 나는 세수도 못하고 아이들만 예쁘게 차려입혀 나온 '아줌마' 다. 나는 급히 차에 올라타 집으로 향한다. 잘 자고 일어난 여느 날과 같은 아침이었는데, 유독 내 모습이 초라하다. 그 모습이 지금의 '나' 인데 말이다.

회사에서 인정받으며 일하는 모습이 '나' 라고 착각하며 살았다. 그 모습이 진정한 나의 모습이 아니라고 깨달았던 계기가 있었다. 두 번의 출산을 하고 육아휴직 끝에 퇴사하고 나서였다. 사회에서 모두가 인정해 주던 타이틀을 벗고 나니, 눈앞에는 살림과 육아 어느 것도 잘하는 게 없는 어설픈 초보 엄마가 서 있었다. 일도 제법 잘하고 인정받았던 사람이었는데, 집 안에서는 하루가 어떻게 흘렀는지 기억도 나지 않는다. 회사를 그만두며 나는 뒤로 하고 엄마로, 아내로 살기로 작정한 사람처럼 가족을 위한 시간을 보냈다. 그저 가족과 함께하는 삶이 내가 원하는 삶이라 여겼다. 누가 시킨 것도 아닌데, 혼자 '희생하는 엄마의 캐릭터'를 만들어 놓고 가족의 삶만을 응원했다. 그것은 아마 내가 회사를 그만둔 이유를 '가족'에서 찾고 싶었고, 누구보다 잘해 낼 수 있다는 믿음을 스스로 반증하고 싶었던 것이 아닐까. 내 안에 상실감이 가득한데 가족과 함께하기로 한 시간을 최대한 행복한 감정으로 만들어 채우고 싶었던 마음에서 비롯되었던 것이다.

결혼 전에는 오로지 나의 즐거움을 위해 해외여행을 계획하고, 회사에서 이루고자 하는 목표를 달성하기 위해 자격증을 취득하고 공부했다. 나를 키우는 일에 몰두했다. 지금은? 내 것보다 육아용품, 육아서적, 어린이집, 유치원을 알아보기 바쁘다. 식사를 준비할 때도 아이들 밥을 먼저 먹이고 그 후에 내 밥을 먹었다. 그렇게 나 챙기는 일을 미룬 지 7년이 지났다. 코로나 때문에 아이들이 등원도 못하고 집에만 있게 되니 자유시간이 없었고, 내 의지대로 할 수 있는 것이 아무것도 없었다. 나를 스스로 통제할 수 없는 시간이었다. '나'로 존재할 수 있는 시간이 필요했다.

2022년 1월부터 나를 돌보는 시간을 가졌다. 아이들을 유치원에 보내고 돌아오면, 분주한 아침의 기운이 묻어있는 그릇들을 치운다. 책과 노트를 챙기고, 커피를 내려서 식탁에 앉는다. 해야 할 일을 기록하고, 그날의 기분을 적어보면서 내 마음을 챙기기 시작했다. 감사일기도 함께 쓰며 아주 사소한 일상에도 감사하는 마음을 갖기 위해 노력했다. 일기에 하루 중 감사했던 사람을 적는 칸에는 남편과 아이들로 가득하다. 존재 그 자체만으로도 감사한 이름, 가족이다. 내가 가족이고, 가족이 나였다.

하루는 며칠 내내 아이들에게 짜증을 내며 사소한 일에도 화를 내는 내가 너무 싫었다. '왜 그런 걸까? 내 마음속 무엇이 나를 괴롭혀서 아이들 마음마저 다치게 하는 것일까?' 곰곰이 생각하다가 빈 노트에 나에게 편지를 썼다. "미령아, 너의 마음속에 무슨 충돌이 일어나고 있어서 자꾸만 아이들에게 화를 내는 것일까? 아이들은 일부러 화를 내게 만드는 존재가 아니잖아. 충분히 사랑으로만 가득 채워주어도 부족한 것을 잘 알면서 왜 그러는 걸까? 너의 마음 깊은 곳을 들여다봐. 무엇이 만족스럽지 못해서 날카로워졌는지." 자신에게 말을 걸며 살살 달래주니 내가 지금 화를 내는 대상이 '나' 자신이었다는 것을 알게 되었다. 다른 사람이 내 마음을 알아주길 바라며 그렇게 거칠게 소리 지르고 있던 것은 아닐까? 나를 가장 잘 아는 사람은 바로 나 자신이었다.

글을 쓰기 시작하니, 돌봐주는 이 없이 외로이 서 있는 '내'가 보였다. 내가 나를 돌봐주기로 다짐했고, 매일 글을 쓰기 시작했다. 때로는 일기를, 때로는 편지를 쓰기도 했다. 아이들에게 괜스레 화를 냈던 날에는 아이들에게도 편지를 썼다. 한글을 읽을 수 있는 딸아이에게는 아침에 유치원 등원 준비를 하며 숟가락 세트 가방 앞에 스티커로 편지를 붙여 넣어 보내기도 한다. 말로 할 때보다 글로 마음을 전할 때의 감동은 더욱 깊다.

비비엠 〈글벗〉 프로젝트를 시작하며 매일 글을 썼다. 상처 나고 지친 모습보다는 환하게 웃고 즐기는 모습만 보여주고 싶었다. 솔직하고 진정성 있게 쓰고 싶었다. 마음속 깊은 곳에 있는 상처나 트라우마는 더 깊숙이 숨기기 위해 안으로 밀어 넣게 되었다. 누구에게도 말하지 못했던 내면을 드러내 보인다는 것이 부끄러웠다. 용기를 내어 글에다 감정을 쏟아내 버리자는 마음으로 글을 쓰기 시작했다. 의식의 흐름대로 하고 싶은 이야기를 적었다. 힘들었던 순간들을 글로 써서 세상에 드러내고 나니, 밝은 모습 뒤에 출산과 육아, 경력 단절로 인해 자존감이 바닥을 치며 힘들었던 시간이 있었는지 몰랐다며 큰 위로와 응원을 받았다. 뾰족한 마음은 둥글게 다듬어졌고, 용처럼 뿜어내던 화는 상대를 향한 것이 아니라 나를 향한 것이었다는 것도 깨달았다. 작고, 큰 상처들이 치유되기 시작했다. 끊임없이 나 자신과 대화하며 가장 든든한 조언자가 되어갔다. 몸과 마음이 지칠 때는 잠시 멈춰, 내가 왜 지금 지쳐있는지 생각해보고, 행복함을 느낄 때는 무엇 때문에 이토록 행복한 것인지 호시탐탐 나를 관찰했다. 감정선이 요동치고 다운되었을 때는 '줌인(zoom-in)' 해서 가까이 들여다보고, 그저 여유롭고 즐거울 때는 듬뿍 그 행복을 느낄 수 있게 '줌아웃(zoom-out)' 했다. 나를 조절할 수 있는 사람이 되었다.

꾸준히 글을 쓰기 시작한 지 3개월이 지났다. 나 자신을 책상 앞에 앉혀놓고 '오늘은 기분이 어때? 요즘 가장 좋아하는 것은 뭐야? 지금 고민하는 것은 뭐야? 너는 지금 글을 쓰고 책을 읽으며 5년 후 어떤 사람이 되고 싶어? 가족들과 함께 이루고 싶은 꿈이 있니?' 등 질문을 던지고, 대답을 들으며 글로 옮긴다. 용기를 북돋워 주기도 하고, 쓰지는 않고 아직 머리로 생각만 하고 있다고 마음속 잔소리꾼에게 혼나기도 한다. 나와 마주하는 시간을 보내며 내면의 소리에 귀 기울인다. 나를 가장 잘 아는 사람은 '나' 여야 한다.

내가 누구인지 알아가는 과정은 다른 사람이 대신해 줄 수 없는 것이다. 남이 어떻게 평가하는지도 중요하지 않다. 지금 나는 글쓰기를 통해 '나다움'을 매일 발견해 가고 있다. 좋아하는 책을 읽고, 커피를 마시며, 아이들과 시간을 보내고, 집안일도 한다. 글을 쓰며 내 삶의 주인이 되어가고 있다. 글을 쓰며 단단해지고 있다. 이것이 내가 살아가는 법이다. 나다워지는 것에 집중하며 나만의 삶을 살아가는 것, 철학이 별건가? 나는 글 쓰며 나답게 산다.

4. 감정을 쏟아내다 _이지선

"정신과에 한번 가 볼래?" 신랑이 말했다. "내가? 내가 정신과를 왜?" 나의 기분은 주식시장이다. 빨간불과 파란불이 오르락내리락한다. 신랑도 걱정이 되었는지 병원을 알아보기 시작했다. 나도 롤러코스터를 타는 내 감정을 정리하고 싶었다. 가슴 속 깊은 동굴에 숨어있는 답답함을 끊어내고 싶었다. 두 아이를 육아하며 내 반경은 동네를 떠날 수 없었다. SNS에서만 사람을 만날 수 있었다. 나의 대학 동기들은 예쁜 원피스를 입고 여유 있는 커피 한 잔을 하고 있었다.

내 안에 마녀가 살고 있었다. 동네 지인, 어린이집 엄마들에게는 친절하면서 가장 가까운 가족한테는 짜증과 화를 내고 있었다. 남편은 외벌이라는 부담감으로 힘들었겠지만, 나도 나대로 삶이 고단했다. 시댁은 서울에서 5시간 걸리는 창원이다. 친정엄마는 몸이 약해서 도와달라고 말하지 못했다. "그래, 나 혼자 할 수 있어!"라고 스스로 격려했다. 친한 친구들에게도 전화해서 힘들다고 이야기하지 못했다. 나의 치부를 드러내는 것 같아서 할 수 없었다. 나는 도와달라고 요청하지 못했다. 휴대전화 버튼을 누를까 말까 고민만 했다. 두 아이를 돌봐주는 사람이 있었다면, 단 하루

만이라도 내가 원하는 시간에 푹 자고 일어나고 싶었다. 내가 잠이 쏟아지는 날에는 아이들이 잠에서 깨어났다. "엄마, 물 주세요." "엄마, 응가했어요."라는 말로 나의 잠을 빼앗는 것에 화가 났다. 내가 하고 싶은 일을 내 마음대로 할 수 없다는 사실을 깨달았다. 어느 순간 '내가 이렇게 화를 내는 사람이 되었지?'라는 자책감이 밀려왔다. 시간이 흘러도 되풀이됐다.

남편과의 문제도 있었다. 서로의 힘든 점을 솔직하게 말하지 못했다. 남편이 퇴근하고 들어오면 나는 안방으로 들어갔다. 서로의 눈을 마주 보며 대화할 수 있는 자리를 의식적으로 피했다. 이해해 주기만 기다렸다. 남편에게 주말은 '쉼이 있어야 하는 날'이다. 나에게 주말은 '기대고 싶은 날'이었다. 나의 바람은 주말이 다가오는 금요일 밤부터 남편이 육아를 도와주는 것이었다. 서로의 진심을 알지 못하니 불만이 쌓여갔다.

정신과에 가 보자고 했을 때 나는 대답했다. "우리가 갈 곳은 부부상담소야! 모든 게 당신 때문이야!"라고 말했다. 남편도 당황을 했다. 본인도 회사에서 힘들지만 버텨내고 있다고 했다. 집은 마음 편히 쉬는 공간인데, 정신이 사납다고 했다. 정리라도 제대로 해놓으라고 했다. 장난감은 정리해도 한 시간이 지나면 다시 흩어지는데, 왜 남편은 모를까 싶었다. 나에게 정리는 도루묵이었다. 남편과의 불만도 정리하고 싶었다.

나는 정신력이 강한 사람이다. 병원에 가지 않기로 결심했다. 약에 의존하고 싶지 않았다. 방법을 찾아보기 시작했다. 그러다 만나게 된 수업이 있다. '글벗'이다. 첫 번째 주제는 '자기소개'였다. 지나온 나의 삶을 되돌아볼 수 있는 시간이 주어졌다. 글을 쓰며 울었다. 다른 사람들이 쓴 글을 보았다. 동질감을 느꼈다. 하루하루 글을 쓰며 느낀 점이 있다. '내가 이렇게 살았네. 열심히도 살았구나.' '앞으로도 더 열심히 멋지게 살아내야겠다.' 글을 쓰며 눈물을 흘린 적은 처음이다. 울고 싶지 않아도 글을 쓰면 눈물이 났다. 다시 읽어봐도 눈물이 났다. 할머니에 대한 그리움, 엄마의 인생, 자유롭고 도전적이었던 나, 엄마가 된 나의 모습 등등 모든 게 복합적이었다. 하루는 너무 울어서 두통이 이어지고 그 감정이 밤까지 지속되었다. 속은 시원해졌다. 글을 쓰며 치유했다. 쾌감도 느꼈다. 감정을 글에 쏟아내니 한결 차분해졌다. 무거웠던 돌멩이 하나를 끄집어낸 기분이다. 꽁꽁 싸매고 있었던 어둠 속의 무언가들이 사라졌다. 감정이 잔잔해졌다. '마음속에 담아두기보단 어디에 드러내야 하는구나!'라고 느꼈다.

나를 사랑하게 되었다. 나 자신이 기특했다. 나는 뭐든지 잘하는 사람이었다. 미움도 사랑으로 변했다. 미워하던 사람을 보는 일이 편안해졌다.

내 절친, 소영이는 셋째를 임신했다. 첫아이가 초등학교 2학년이다. 다시 신생아를 마주하는 게 무섭다고 했다. '친한 친구 소개하기'라는 제목으로 글을 썼다. 소영이에게 카톡으로 보내주었다. '지선아, 감동이다. 글이 왜 희망을 주는지 알겠네. 고마워, 지선아!'라고 했다. 내가 더 고마웠다. 내가 글을 쓰며 다른 사람에게 희망을 줄 수 있는 경험도 했다.

나는 오늘도 어둠의 동굴 속에 있던 감정들을 노트북 화면에 키보드를 두드리며 글을 쓴다. 감정들도 세상으로 나오게 해줘야 한다. 글을 쓰며 마주한 '나의 감정'들과 이야기해야 한다. 아티스트웨이 〈모닝페이지〉를 쓰고 있다. 혹시나 글쓰기가 거창하게 느껴진다면, 이렇게 하면 된다. 아침에 일어나서 종이에 생각의 흐름을 써보는 것이다. 나의 기분, 내가 감사하는 것, 오늘 내가 해야 할 것, 어젯밤 일 중에 후회되는 것을 써보는 것이다. 써본 사람만이 알 것이다. 글을 쓴다는 것은 나와 마주하는 것이다. 울어도 좋다. 나는 앞으로 계속 나의 마음을 돌볼 것이다. 나를 소중

하게 대해 줄 것이다. 노트북 화면에 키보드를 두드리며 고백해야

겠다. 나와 내 글을 읽는 사람들을 위해서 말이다.

5. 세상에서 가장 소중한 나 _최연우

　2016년 1월, 고등학교를 졸업하고 성인이 되는 막내에게 엄마의 이혼 결심을 이야기했다. 하루 이틀 생각하고 결심한 것은 아니었지만, 사실 제일 걸리는 게 아이들이었다. 나 또한 어려서 부모님이 이혼한 경험이 있었기에, 내 아이들에게는 그런 아픔을 주고 싶지 않아 나름 많이 인내했다.

　결혼하니 모든 시간과 일의 최우선 순위는 시댁에 있었다. 남편이 시골 집안의 외아들이라 일은 더 많았다. 그런 환경은 어쩔 수 없다고 해도, 문제는 남편의 태도에 있었다. 전형적으로 가부장적이었던 남편에게 집안일은 모두 여자인 나의 일이었다. 맞벌이를 하면서도 세 아이의 육아와 집안일은 모두 내 몫이었다. 재택근무라고는 해도 오후 2시에서 9시까지는 근무 시간이었는데도 불구하고 남편은 내가 저녁 식사를 차려주어야 한다고 생각했다. 근무가 끝난 후 거실로 나와 보면, 남편은 신문이나 TV를 보면서 아이들을 전혀 돌보지 않고 있었다. 그 문제로 아이들이 어릴 때부터 많이 다투었다. 아이들과 저녁이라도 차려먹고 숙제를 봐주면 얼마나 좋을까? 남편은 그러겠노라 말하면서도 달라지지 않았다.

같은 문제로 싸우고 지치기를 10년 넘게 반복해 오면서 나는 한계를 느꼈다. 아이들이 출가하고 난 후 남편과 둘이서만 30년 넘는 세월을 살 자신이 없었다. 더 늦기 전에, 서로 더 상처를 입히기 전에 이혼하는 것이 답이라는 생각이 들었다. 법원에서 이혼 서류를 준비하고 토요일 오후 둘이 집 근처 고모리 카페로 갔다. 서류를 내미니 남편은 의아한 표정이었다. 다음날 나는 미혼인 동생 집으로 캐리어를 끌고 가출했다. 아니 독립했다. 전화도 받지 않고 한 달 정도 지내다 남편의 사과와 변하겠다는 약속을 받고 결국 집으로 돌아왔다.

　집으로 돌아온 후 자주 듣던 법륜 스님의 영상에 자극받아 정토불교대학에 입학해서 1년을 공부했다. 일주일에 한 번씩 만나는 같은 반 동기들과 스님의 말씀을 듣고 마음 나누기를 했다.

　나를 드러내는 일이기에 처음에는 불편했다. 하지만 나누기를 통해 서로 울기도 하고 웃기도 하면서 나를 비워내고 있었다. 모든 괴로움은 내 욕심에서 비롯된 것이라, 내가 내려놓고 비워야 한다는 것을 깨달았다. 마음이 정리되면서 편안해졌다. 사과와 약속 후에 한 달 정도 설거지도 하고 집안일도 하던 남편은 다시 서서히 원래의 모습으로 돌아갔지만, 나 또한 기대를 내려놓게 되었다. 그러면서 취미 생활을 했다. 근무 전 시간을 활용해 요가나 수채화, 기타, 라인댄스 등 다양한 활동을 했다. 하지만 코로나가 퍼지고 거리 두기가 시작되면서 모든 활동을 접게 되었다. 1년 가까이 재택근무 외의 모든 활동을 접고 외출하는 일도 없이 지냈다. 그렇게 지내다 보니 세상과 단절된 느낌이 들었다.

그러던 중 감사일기에 관심을 가지면서 검색하다가 1인 기업 최서연 선배님이 운영하는 오픈 채팅방을 알게 되었다. 온라인으로 다양한 자기계발 프로그램들을 접하면서 감사일기도 쓰고, 독서도 하고, 글도 쓰게 되었다. 처음으로 신세계에 발을 디딘 나는 듣고 싶고 참여하고 싶은 여러 프로그램을 모두 신청했다. 그러다 보니 안 그래도 백신 후유증으로 약해진 몸에 과부하가 걸렸다. 그래서 가장 필요한 것들을 우선으로 하자는 생각에 하나하나 줄여나갔다. 오랫동안 읽지 않았던 책들을 다시 읽고 나를 되돌아보게 되는 글쓰기를 시작하면서 조금씩 달라지는 나를 보게 되었다. 당시 나는 자존감도 낮아져 있었다. 가슴속에는 배우고 싶은 것이 많았지만, 항상 나이가 걸림돌이 되어 '이 나이에 내가 무얼 할 수 있을까? 시작해도 될까?' 하는 생각이 먼저 들었다. 나보다 한참 젊고 현명한 사람들 속에서 '내가 할 수 있는 것이 있을까?' 하는 생각이 자꾸 주춤거리게 했다. 하지만 지금은 블로그도 쓰기 시작했고, 인스타그램과 페이스북도 하고 있다. 사실 SNS로 나를 드러낸다는 것이 아직은 쑥스럽다. 그러나 도전 중이다. 다른 사람의 이야기를 부러워만 하는 대신 한 번뿐인 내 인생의 이야기도 남기고 싶은 마음이 생겼기 때문이다.

인간은 계속 성장한다. 살면서 만나는 여러 인간관계 속에서 다치기도 하고 실망도 하면서 배워 나간다. 직업을 가지고 있음에도 돈 버는 일에 관심을 가져 네트워크 사업을 접해 보기도 하고, 코인에 관심을 가지고 투자를 하고 사업을 해보기도 했다. 그 과정에서 다양한 사람들을 만났다. 그런데 자기 욕심을 가지고 허상을 바라는 사람들이 많았다. 인간관계가 더 소중하다고 여겼는데, 생각지 않게 상처 입는 일이 많아지자 사람들이 무섭다는 생각도 들었다. 결국은 사람이 먼저다. 이제는 그 사실을 모르는 사람들과는 멀리하고 싶다. 무너진 인간에 대한 신뢰를 회복하고, 그럼에도 불구하고 더 좋은 사람들이나 더 좋은 관계들이 있다는 걸 다시 느끼는 요즘이다. 배우고 성장하는 데 나이는 없다. 내가 꾸준히 배우려고 하면 나이는 상관이 없다. 얼마든지 배움의 기회도, 성장할 기회도 열려 있다. 숫자로서의 나이는 큰 의미가 없다. 젊어도 배울 점을 많이 가진 사람이 얼마나 많은가. 내가 자주 만나는 내 주변의 다섯 명이 나의 평균이라는 말이 생각난다. 이제야 나는 나를 진정으로 성장시키는 배움의 선배들과 함께한다.

아이들이 크니, 나를 돌아볼 여유가 생겼다. 그러면서 다양한 취미 생활을 접하다가 쓰게 된 글쓰기. 글을 쓰면서 깨달은 것은 '가장 소중한 것은 나'라는 것이다. 현재의 내가 가장 소중하다. 나의 인생은 남편도, 아이들도 대신해 주지 않는다. 과거의 내가 시댁과 남편, 아이들을 위해서 살아온 것도 나의 선택이었다. 가족도 나의 소중한 사람들이고 내 힘의 원동력임을 느낀다. 하지만 지금은 가장 소중한 사람인 '나'를 선택한다. 나를 위해 책을 읽고 글을 쓴다. 글쓰기를 통해 잊고 있던 나를 발견하고, 나의 꿈도 찾으며 나를 치유하고 있다. 조금 느리고 더디고 답답해도 나만의 방식으로 나의 이야기를 써 나가야겠다. 앞으로의 삶은 누구보다 소중한 나를 위한 삶이어야 한다.

6. 상처와 아픔을 만나다 _나은주

글쓰기는 내 안의 벌거벗은 나의 상처들을 마주하는 일. 나의 상처를 알아가고 치유하는 일. 지금 이 순간들이다. 아주 객관적으로 나의 삶의 흔적들을 찾아 그 순간 나도 알지 못했던 나를 찾아본다. 상처들을 헤집으며 조각난 아픈 기억과 좋은 기억의 퍼즐을 맞춰본다. '내가 왜 그랬을까? 아, 그랬었지.' 라며 후회와 왠지 짠한 마음도 든다. 그렇다. 글을 쓰며 힐링한다는 말이 공감이 간다. 글이라는 것은 바로 나 자신이기 때문에 좋았다가 싫어지고, 불쌍하고, 짜증도 나고, 연민도 생기고, 때론 격하게 응원도 해주고 싶다. 이 정도면 잘하고 있다고. 괜찮아, 소소. 나는 나를 쓰는 것이다. 글쓰기는 나의 과거이고 현재 그리고 미래. 그래서 내가 바로 서고 내 자존감이 높아져야 한다. 그러면서 내가 행복해질 수 있는 것이다. 상처를 끄집어내 바로 보아야 한다. 그 상처의 나를 마주 보지 못하면 결국 극복하지 못한다. 속으로만 곪다 곪다 터져버려 큰 상처가 생긴다. 고름을 짜고 소독하고 약도 발라야 한다. 온전히 상처 난 나도 낫고, 치유된 자국이 남는 것도 나다. 솔직한 글과 내 일상의 소재에서 글감을 찾고 무형에서 유형을 만들어 내야 한다. 창조의 기쁨이 종종 느껴진다. 그래서 다들 힘들다고 하지만, 왠지 모를 그 카타르시스 때문에 나도 글쓰기를 하고 있나 보다. 글 쓰는 재주가 없다. 내 안의 생각이 너무 짧기 때문에 풍부한 언어적 표현이 어렵다. 글을 잘 쓴다는 것은 자연스럽다는 것이다. 어색한 나를 좀 내려놓아 보자. 자연스럽게 삶을 즐겨보자. 내 상처도 나니까. 거기에 갇혀 있지 말자. 극복해보자.

30대 초반에 회사 상사와 함께 믿고 투자한 것이 사기를 당해 지금은 아예 서로 연락도 안 하는 사이가 되었다. 오랫동안 다니던 회사에서는 시기와 질투가 많은 여자들과 권력욕이 많은 남자들 속에서 나는 너무 일찍 임원이 되었다. 사명감에 상사에게 너무 바른말을 하여서인지 언변이 좋았던 상사는 없는 소문을 만들어 나를 이상한 사람으로 만들어 버렸다. 소문의 소문은 참 리얼하게 진실이 되었다. 지금 생각해보면 고소라도 할 걸 바보처럼 당하고 지냈었다. 그 당시 사람들의 밑바닥을 쓸쓸하게 느끼며 퇴사를 했다. 지금은 그 모든 것이 진실이 아니기에 나는 떳떳하게 세상을 살아가고 있다. 그때의 그 상사는, 들리는 소문에 의하면 지금 행복하지 않은 것 같다. 사업을 하는데 잘 안되고, 결혼생활도 순탄치 않다고 한다. 남의 마음을 아프게 하면 부메랑처럼 본인한테 돌아간다. 사람은 마음을 착하게 써야 한다.

이렇게 글을 쓰다 보니, 지난날 나의 상처에 후시딘과 대일밴드 붙일 시간도 없이 지나온 시간이 꽤 많았던 것 같다. 시간이 약이다. 2015년 퇴사 후 벌써 8년이나 지났다. 그 일로 인해 남겨진 나의 마음의 상처가 큰 트라우마로 남았다는 것을 알게 되었다. 그 시간을 떠올리며 글을 쓰는 지금 이 순간부터 치유의 시작이다. 딱딱한 상처, 그 상처 딱지로부터 자유로움의 시작인 것이다.

이제 그 시절의 상처들은 다른 사람의 이야기처럼 들린다. 다시 회상하니, 그렇게 큰일도 아니었다는 생각마저 든다. 다른 사람도 이 정도의 아픔과 말 못할 상처는 갖고 살아갈 테니, 나도 웃으며 이야기해 본다. 지금의 나처럼. 그 시절 좀 더 당당할 것을 왜 그렇게 위축되어 있었을까? 피식 웃음도 나온다. 그게 뭐라고, 좀 더 떳떳하고 자신감 있게 나의 리즈시절을 지낼 볼 걸 하는 후회의 생각이 든다.

물론 이렇게 글쓰기를 한다고 해서 그 시절의 상처나 흉터가 없어지는 것은 아니다. 다만, 더는 그 상처가 나에게 부정적인 의미가 아니라는 것이다. 지금은 나를 더 객관적으로 바라볼 수 있다. 여유가 생겼다. 그때는 어렸기에 혼자서 너무 아파했다. 이 글을 읽는 누군가도 큰 상처로 본인에 대해 자신 없어 할지도 모른다. 그 상처가 오래도록 남아 힘들다면, 지금 펜과 종이를 꺼내보라. 무언가라도 끄적끄적 낙서부터 하다 보면 생각의 꼬리를 물고 그 생각을 끄집어낼 수 있을 것이다. 그 끄적임 속에 나를 만나게 될 것이다.

나의 요즘 상처는 사춘기 아들이다. 내 속의 뜨거운 막말들이 올라오지만, 나는 나를 자제시킨다. 오늘도 질풍노도 속 큰 폭풍의 회오리 속에서 힘들어하는 사춘기 아들을 바라본다. "아들아, 지금 이 시기가 너한테 너무 중요한 시기야. 공부가 다는 아니지만, 네가 중심을 잡고 주도적으로 공부해야 해. 잘하는 애들하고 비교하지 말고, 고3 때까지 장기전이니 멀리 보자. 그래도 네가 너무 힘들면 쉬엄쉬엄 가도 돼. 건강이 최고야. 엄마는 항상 네 편이다."

이제는 너무 커버린 15세 아들에게 이런 이야기들이 식상하게 들리는 것 같다. 공부를 왜 해야 하는지, 본인이 무엇을 좋아하는지, 무엇을 해야 하는지 잘 모르겠다고 한다. 당연히 고민이 되는 시기이다. 그래도 견뎌내야 하고, 지금 이 순간 최선을 다해야 한다. 누구나 각자의 고민과 상처, 아픔이 있다. 그래도 시간은 그렇게 또 흘러간다. 그 시간이 후시딘과 대일밴드 역할을 해줄 것이다. 사랑하는 아들이 이 힘든 시기를 잘 극복하고 자신의 꿈을 향해 비전을 갖고 현재의 삶에 최선을 다해주기를 바란다.

우리는 완전한 사람이 아니기 때문에 그 부족함과 모자람을 인정하고 나를 좀 내려놓아야 한다. 자신을 내려놓을 줄 아는 용기가 있는 사람이야말로 작가가 될 수 있는 것 같다. 지금 함께 글을 쓰는 공동 작가 분들을 만나 이렇게 한 꼭지씩 에세이를 쓰는 것은 나의 추억이자 소중한 인연이다. 그 인연들과 좋은 추억을 앞으로도 계속 만들고 싶다. 이렇게라도 쓰지 않으면 그 인연이 내 것이 되지 않을 것 같아 부족하지만 이렇게 함께해 본다. 생각을 정리하고 복잡한 나의 마음속을 또 한 번 정리하며 한 줄 한 줄 써 본다. 나의 소중한 온라인 인연의 그림을 그려나가듯 글을 써본다. 지금 글쓰기는 나를 위한 것이다. 그렇게 나는 나의 상처와 아픔을 만나고 되돌아보며 성장한다. 좋은 사람이 되기 위해 노력하고, 가슴 따뜻한 사람으로 온기있는 글을 쓰고 싶다. 따뜻한 온기를 전해 주어 따뜻한 위로가 되어주는 사람이 되고 싶다.

7. 나의 이야기가 누군가에게는 도움이 된다 _석승희

이제까지는 내가 전문적인 지식이 있어야만 다른 사람들에게
알려줄 수 있다고 생각했다. 개인적인 성향이 어떤 지식이나 방법
에 대해 스스로 완벽하게 알아야만 타인에게 알려주려고 한다. 완
벽주의자라서 그렇다. 어느 강의에서 강사분이 말씀하셨다. 내가
조금이라도 알고 있는 것을 바로 옆 사람에게 말해 주라고 했다.
그런 행동이 내가 아는 것을 나누는 가장 작은 실천이라고 했다.
순간 머릿속에 반짝 불이 켜지는 느낌이었다. '그동안 나눈다는
것에 대해 내가 너무 어렵게 생각했구나!' '이렇게 쉽게 시작할
수 있는 것을 왜 여태 하지 못했을까?' 후회가 되었다. 방법을 몰
랐다. 그리고 남 앞에 나서는 것을 좋아하지 않았다. 많은 사람들
앞에 서는 것에 자신감이 없었다. 어릴 적 부모님 친구분 가족들
과 많이 놀러 다녔다. 평균 다섯 가족 이상이었다. 항상 놀러 가면
부모님들께서 각 가정의 아이들에게 돌아가며 노래 부르기를 시
켰다. 나는 노래 부르기가 얼마나 싫었는지 모른다. 늘 피하고 싶
었다. 나는 항상 끝까지 노래를 안 하겠다고 고집부렸다. 내가 고
집이 좀 세다. 그때부터였던 것 같다. 사람들 앞에 나서는 걸 싫어
한 게. 그래서 여러 사람 앞에 서면 떨린다. 남에게 무엇을 알려주

는 것을 쑥스러워했다. 말이 조금 길어진다 싶으면 나도 내 음성이 떨리는 게 느껴졌다.

그런데 2019년에 처음 캘리그라피 강의를 하게 되었다. 2016년부터 캘리그라피 글씨를 써온 지 3년이 지난 시점이었다. 지인분의 소개로 평생학습관의 숨은 고수 캘리그라피 강좌를 맡게 되었다. 이 글을 쓰면서 첫 강의하던 날을 상기시켜 본다. 얼마나 떨렸던지, 강의실 안에 앉아 있는 처음 보는 사람들과 눈을 어떻게 마주쳐야 할지 난감했다. 인사를 하는 나의 목소리가 떨렸다. 인사를 하고 난 후에 떨림은 잠시, 신기하게 술술 말하고 있는 내 모습에 놀랐다. 그때 이런 생각이 들었다. '지금 여기 있는 사람들은 캘리그라피 글씨에 대해 나보다 모르는 사람들이다. 내가 아는 만큼 알려주고, 나와 함께하는 이 시간만큼은 즐겁게 보내고 갈 수 있게 해주자.' 였다. 새로운 것을 배우고 재미있어 하며 몰입하는 수강생들의 모습에 보람을 느낄 수 있었다.

상품을 구매하거나 업체에서 무상으로 제품을 제공 받는다. 사용 후기를 썼을 때 그 글을 읽은 사람들은 상품에 대한 정보를 얻게 된다. 특정 강의를 듣고 난 후의 소감을 올린다. 그 글로 강의에 대한 정보를 얻을 수 있다. 책을 읽고 서평을 쓴다. 이 글로 아직 책을 읽지 못한 사람들은 책에 대한 정보를 알 수 있다. 맛집을 다녀온 후 후기를 올린다. 후기 글에서 맛집의 메뉴, 위치, 음식의 맛 등 정보를 얻게 된다. 종종 블로그에 남겨진 '알려줘서 고맙다.'는 댓글 한 줄에 기분 좋아진다. 거창한 글이 아니어도 괜찮다. 전문가가 아니어도 도움을 줄 수 있다. 참석한 모임에서 내가 하는 이야기를 듣고 누군가는 새로운 아이디어를 만들기도 한다.

작년 여름 우연히 보게 되었다. '삶의 무기를 하나 장착한 것 같아요.'라는 댓글 한 줄에 마음을 빼앗겼다. 코칭 공부를 시작했고, 얼마 전 KAC 자격을 취득했다. 자격 취득을 위해 50명이 넘는 사람들과 코칭 대화를 나눴다. 대화를 나누는 중에 내가 아는 정보를 말해줬는데, 몰랐던 사실을 알게 되었다면서 고마워했다. 큰 도움을 준 게 아니라고 생각했는데, 많이 고마워하는 모습에 감동적이었다. 나의 마음도 더불어 따뜻해졌다. 한동안 거의 매일 여러 지인분들과 코칭 대화를 나눴다. 진정으로 나누는 기쁨을 깊게 느꼈다. 항상 입가에 웃음이 머금는 행복한 기분을 느꼈다. 컨디션이 그야말로 하늘 위에 떠 있는 기분이었다. 앞으로 본격적으로 코칭을 통해 만나게 될 사람들에게 도움을 줄 생각을 하니 벌써 기대가 된다. 코칭은 나의 대화 습관도 점검해볼 수 있다. 가족, 지인들과의 관계 형성과 유지에 도움이 될 수 있다. 해결하고 싶은 문제나 고민이 있는 사람들이 스스로 해답을 찾고 성장할 수 있게 도와준다. 코칭을 잘하는 코치가 되고 싶다. 타인의 성장을 도울 수 있다는 점에 무척 뿌듯하다.

나는 나에 대해 잘 알고 있다고 자부하는 사람 중에 한 사람이다. 휴먼 기질 컬러를 공부하면서 더 자세히 알게 되었다. 컬러의 매력에 빠져 일 년 넘게 공부 중이다. 지인분들에게 컬러에 대해 상담을 해드렸다. 상담 결과에 대해 재미있어 하고 즐거워했다. 지인분들이 좋아하는 모습을 대하니 나도 따라 기분이 좋아졌다. 좋은 기분은 좋은 기분을 따라 전염된다. 기뻐하는 사람이 늘어날 수록 더 많은 사람들에게 해주고 싶다.

요즘 사람들이 MBTI에 대한 관심이 높다. 기회가 닿아 3주에 걸쳐 MBTI에 대해 공부하는 모임에 함께하고 있다. 같은 유형의 사람들과 소그룹으로 질문에 대한 의견을 교환한다. 같은 유형들의 사람들끼리 모이니 거울을 마주하고 있는 것 같다. 한 사람이 질문에 대해 '이래서 이렇다'고 의견을 이야기하면 약속이나 한 듯 '맞아! 맞아!' 소리가 연발 튀어나온다. '하하, 호호' 웃음이

끊이지 않는다. 지금까지 '나는 왜 이럴까?' 고민에 대한 해답이 풀리는 시간이다. '내가 이래서 그랬구나!' 라며 스스로 깨닫는다. 자신이 이상한 줄 알았다고 말한다. 제일 좋은 점은 같은 유형의 사람들이라 서로의 모습에 대한 이해가 잘된다. 같이 있는 것만으로도 위로가 되고 든든한 기분마저 든다. 나는 NT 유형인데, 실행력 좋은 친구 덕분에 우리들만의 카톡 단톡방도 만들었다. 앞으로의 시간이 기대되는 멤버들이다. 온라인으로 처음 본 사이인데, 공감대 형성으로 급속도로 가까워진 느낌이다.

   글을 쓰면서 배웠다. 내가 했던 경험에 대해 썼는데, 이 글을 읽는 누군가는 나의 글에 대해 공감하고 같은 경험을 했었다며 즐거워하기도 하고, '나도 해볼까!' 하는 동기부여도 생길 수 있다는 것을. 누군가에게 도움이 될 수 있다는 것을. 그래서 누군가에게 도움이 되기 위해 앞으로 나의 경험에 대해 글을 써서 남겨보려고 한다.

8. 나를 사랑하기 시작했다 _최서연

"자신을 사랑하시나요?" 수강생과 일대일 컨설팅을 하면서 자주 묻는 말이다. "네. 사랑하죠."라는 대답을 바로 들어본 적은 거의 없다. 해결해야 할 문제나 고민거리를 들어보면 표면적으로는 환경이나 타인을 탓했지만, 껍질을 벗겨보면 자신의 문제가 대다수다. 비가 오는 날은 우산을 쓰면 되고, 날이 더우면 반팔을 입으면 된다. 그런데 비가 와서 안되고, 더워서 못한다면서 핑계 뒤로 숨는다. 자신의 불행을 정당화한다. 스스로를 피해자로 만드는 삶이 지속될수록 "에이. 내가 그렇지 뭐."라며, 지레 포기하게 된다.

내 경우도 그랬다. 직장생활을 할 때는 남자 직원들보다 늦게 퇴근하며, 밤 9시가 넘을 때까지 일했다. 금융권 업무라 또래보다 연봉도 높았다. 그러다가 회사 사정상 계약직으로 전환되면서 연봉이 이천만 원 정도 깎였다. 정규직일 때는 내가 속한 회사의 대표라는 마음으로 최선을 다했다. 같은 일을 하는데 급여가 줄어드니 일할 마음이 없어지고 겉돌기 시작했다. 회사 사장이 미웠다. 나는 '계약직'인데 정규직 업무와 같은 일을 시키는 과장, 부장이 싫었다. 사람에 대한 미움은 나를 갉아먹기 시작했다.

내가 일한 만큼 인정받으며 돈을 벌기로 결심했다. 직장인에서 영업인으로 이직했다. 서른다섯 살에 퇴사 후 보험설계사로 다시 사회생활을 시작했다. 보란 듯이 성공하고 싶었다. 주말에도 고객을 만나러 다녔다. 직장 경험을 활용해서 보험증권 서류 작업도 멋지게 했다. 고객은 생각해보겠다는 말만 하고 연락이 되지 않거나, 다른 보험설계사에게 계약했다. 능력으로 인정받고 싶었지만, 가짜 계약을 넣어 성과를 부풀린 사람이 박수받기 일쑤였다. 좌절감의 맛은 쓰다. 눈 가리고 아웅하는 시스템이 싫었다. '열심히 하면 뭐해?' 라는 마음이 생겼다.

"저도 저를 모르겠어요. 어떻게 해야 할까요?" 라고 수강생이 묻는다. "자신의 삶을 한번 적어 보시겠어요? 학창 시절에 있었던 일, 이십 대 직장생활, 삼십 대 육아 생활도요." 나는 기록을 권한다. A4 종이 한 장을 꺼내놓고 줄을 친다. 10대, 20대, 30대, 40대를 쓰고 기억에 남는 일을 키워드로 적어보는 거다. 과거를 정리하는 작업이다. 이렇게 적고 보면 '와. 나도 참 열심히 살았네!' 라는 마음이 저절로 든다. 종이 위에 글자를 떨어트리는 행위만으로도 자신을 분리해 객관적으로 볼 수 있다. 과거가 정리되면 현실은 그야말로 선물 같은 삶이다. 똑같은 인생인데도 의미를 부여하기에 따라 다르게 받아들여진다.

오늘의 나는 과거의 내가 만든 결과물이다. 미래의 나는 오늘의 내 행동에 따라 달라진다. 자신이 어떻게 하느냐에 따라 달라진다는 사실을 알았으니 오늘을 사는 방법은 이미 정해진 거다. 그러니 선물이다.

2018년에 미니멀라이프를 한 적이 있다. 집의 공간은 한정되어 있는데, 방마다 박스가 쌓여갔다. 열어보면 언제 샀는지도 모를 옷이 비닐봉지에 쌓여 그대로 있었다. 예쁘다는 이유로, 싸다는 핑계로 사다 놓은 가방도 수십 개였다. 어느 날 정신이 들었다.

'어쩌다가 내가 이렇게 됐을까? 어디서부터 바로 잡아야 하지?'

꿈에서 깬 기분이었다. 처음에는 수납정리만 했다. 바닥에 있던 가방을 옷장으로 옮겼다. 박스에 가득했던 옷들도 옷걸이에 걸었지만, 공간이 부족했다. 결국 하나씩 비워내기 시작했다. 언제 샀는지도 모를 물건이지만 버린다는 생각에 속이 쓰렸다. 《아무것도 못 버리는 사람》이란 캐런 킹스턴의 책을 읽고 물건을 정리했다. 없으면 큰일 날 줄 알았는데, 개운했고 아무 일도 일어나지 않았다.

물건을 비우고 정리하면서 영상을 찍었다. 영상을 보면 '내가 이렇게 살았구나!'라는 생각이 들면서 제 삼자의 눈으로 보게 된다. 분리되고서야 자신을 제대로 볼 수 있다. 비울수록 나에 대해 아는 것이 많아졌다. 싸다고 샀을 때는 보상심리가 발동했을 때고, 어울리지도 않는 색상의 옷을 샀을 때는 자존감이 떨어졌을 때다. 삶이 정리되고 물건이 줄어들수록 예전에는 느끼지 못한 평온함이 채워졌다. 내 경험을 다른 사람들과도 함께하고 싶어 영상도 찍고 블로그에 글도 올렸다. "와. 저도 정리해봐야겠어요.", "책 먹는 여자 유튜브를 보고 저도 미니멀라이프 시작했어요." 영상을 보고 구독자들이 댓글을 남겼다. 한 사람의 변화가 불러온 나비효과다.

다시 한 번 묻고 싶다. "자신을 사랑하나요?"라는 질문에 바로 "네"라는 대답이 나오지 않아도 괜찮다. 사랑은 '이해'에서 시작한다. 먼저 자신을 알아가는 시간을 가지면 좋겠다. 첫 번째 해결책은 글쓰기다. 하루 한 줄 일기부터 시작해도 좋겠다. 인스타그램이나 블로그도 괜찮은 방법이다. 누가 보는 게 불편하다면, 예쁜 그림이 그려진 다이어리를 한 권 사서 몇 줄 적어보자. 또는 《5년 후 나에게 Q&A a Day》처럼 매일 질문이 있는 일기장에 자신을 찾아가는 질문에 답을 해봐도 도움이 된다.

9. 부족하고 모자란 나를 있는 그대로 받아들이기 _장윤미

　나는 왜 남의 떡이 더 커 보일까? 남들이 하면 다 좋아 보이고, 더 예뻐 보이고, 더 멋져 보인다. 이런 감정을 자주 느끼며 살아왔다. 정말 그래서일까? 물론 아니다. 내 자존감이 낮아서이다.

　나는 어렸을 때부터 유달리 남들이 하는 게 좋아 보였다. 내가 가진 환경, 장점, 외모, 신체조건 등이 남들에 비해 부족하다고 느껴졌다. 부모님이 물려주신 소중한 자산인데 말이다. 남들에 비해 특출난 것은 없지만, 그렇다고 딱히 모자라지도 않은데... 왜 이럴까? 내가 가진 장점과 매력이 충분히 있는데도 불구하고 어려서부터 이것들을 잘 모른 채 살아왔다. 몰랐기 때문에 나 스스로 인정할 생각을 하지 못했다. 나 자신이 보이지 않았던 것 같다. 항상 자존감과 자신감이 결여되어 있었다. 그냥 이것이 내 성격의 일부라고 생각해왔다.

　낮은 자존감을 극복하고 싶었다. 책을 읽고 고칠 수 있을까 반신반의하며 '자존감' 관련 책들을 읽었다. 읽을 당시는 '그래, 나 스스로를 존중하고 사랑하도록 하자! 남과 비교하지 말자!' 하고 다짐하며 실천 사항들을 지켰지만, 조금만 시간이 지나면 언제 그랬냐는 듯이 또 예전으로 돌아가고 말았다.

특히 이것은 최서연 작가님이 운영하는 카카오톡 오픈채팅방인 'BBM'에 입장하고 나서 더욱 심해졌다. 작년 11월쯤 입장했는데, 이 방에는 자기 계발을 하는 사람들 약 800명이 모여 있다. 늦게 입장하다 보니 나를 제외한 모두가 다 앞서나가고 멋져 보였다. 나에게 이 선배님들(서로 배운다는 의미로, 선배님이라고 호칭한다.) 모두 부러움의 대상이었다. 어떤 강의든 빠르게 습득하고 정리도 잘하며, 성과를 내고 수익화하는 속도도 빠르다. 심지어 책도 속독하고, 재독은 기본이다. 매월 올라오는 결산 및 계획의 글을 보면, 한 달에 읽는 책이 10권은 기본이다. 나는 겨우 한 달에 3권도 읽을까 말까인데... 책도 그렇게 많이 읽으면서 활동하는 프로젝트도 많고, 매사에 여유가 넘치는 게 부러웠다.

작년 가을 재테크 독서 모임을 시작으로, 혼자라면 절대 읽지 않았을 책들을 많이 읽고 있다. 그동안 나에 대해 생각해 볼 시간을 많이 갖지 못했는데, 책을 읽어 나가면서 내가 어떤 사람인지 생각해 보는 시간을 가질 수 있었다. 내가 무엇을 좋아하고, 무엇을 싫어하는지, 어떤 유형의 사람인지 제대로 알아가고 있다. 그동안은 나의 단점만 생각하고 두려움으로 포기한 것들이 많았는데, 이제는 내가 가진 장점과 강점을 더 부각시키고, 할 수 있는 것에 집중하며 자신감을 가지고 자존감을 끌어올리고 있다.

MBTI 검사, 누구나 한 번쯤은 해봤을 것이다. 나는 내향적인 'I' 타입이다. 대학 졸업 후 사회생활을 시작하며 30대 초반까지 다양한 동호회 활동을 했다. 내향적인 성격이지만, 새롭게 사람을 만나는 게 즐거웠다. 그러다 어느 순간부터 이런 만남이 부담스러워졌다. 이름, 나이, 사는 곳, 하는 일, 취미 등 만나는 사람은 다르지만 매번 똑같은 질문의 레퍼토리가 싫고 지루해졌다. 새로운 사람을 만나도 그들에 대해 궁금하지 않아졌다. 자연스럽게 사람들과의 만남도 줄고, 잘 아는 지인들과의 만남만 이어 갔다. 이것은 부동산 업무를 시작하면서 더 심해졌다. 영업은 사람들을 만나야 하는 일인데도 말이다. 어쩔 수 없이 사람들을 만나면, 기본적인 질문은 하지만 더 이상 알려고 노력하지 않았다. 특히 일로 사람들을 만나면 내 에너지가 고갈되는 느낌이었고, 집에 돌아와서 혼자만의 시간을 가지며 다시 에너지를 충전시켰다. 그러던 내가 이제는 일부러 사람들과 약속을 정해 만나고, 만남에 더 적극적인 성격으로 바뀌고 있다.

이렇게 된 계기는 책을 읽고 글을 쓰면서부터이다. 다양한 책을 읽으며 생각이 깊어지고, 세상을 보는 눈이 넓어졌다. 내 일상에서 즐거움을 찾기 시작했다. 가장 기억에 남는 책이 알렉스 룽

구의 《의미 있는 삶을 위하여》이다. 이 책을 통해 나를 가장 잘 알게 되었기 때문이다. 나란 사람이 어떤 사람인지, 내가 가진 장점과 단점이 무엇인지, 나의 무엇이 문제인지, 이 책이 내 상황들을 콕 집어 알려주었다. 가끔은 너무 딱 들어맞아 기분이 다운될 때도 있었지만, 그만큼 해결 방안도 알게 되어 많이 극복할 수 있게 되었다.

그동안 몇 년 동안 삶의 의미를 찾고자 방황했었는데, 이 책의 저자는 말한다. 의미 있는 삶은 찾는 게 아니라 만들어 가는 것이라고... 주어진 상황에서 지금 현재를 충실하게 살고, 그 안에서 즐거움과 행복을 찾으면 그게 의미 있는 삶이라고... 그동안 너무 결과에만 집착하며 일상의 행복을 외면하고 산 건 아닌가 싶다. 요즘은 과정에서 느끼는 즐거움을 통해 진정한 행복을 느끼고 있다. 행복은 멀리 있지 않다. 내가 가진 아주 작은 것이라도 소중함을 알고, 매사에 만족하는 감정을 느끼면 그게 행복인 것이다.

나는 요즘 글을 쓰며 행복한 하루를 보내고 있다. 글쓰기라고 꼭 거창할 필요는 없다. 매일의 감사일기, 좋은 글을 필사하며 내 생각을 끄적이는 짧은 글, 5년 다이어리의 매일 질문에 대한 대답, 나만의 SNS에 남기는 글 등. 이 중 한 가지만 써도 글쓰기가 된다. 나는 특별한 날을 제외하면, 매일 글쓰기를 하고 있는 셈이다. 매일 긍정적인 말로 내 자신을 사랑해 주고, 힘을 불어 넣어주고 있다.

나의 강력한 무기는 꾸준함이다. 아직 밥 먹는 것처럼 매일 정해진 시간에 글을 쓰진 못한다. 무라카미 하루키, 이은대 작가님처럼 매일 습관처럼 글을 쓰고 싶다. 습관처럼 글을 쓴다는 건 어떤 느낌일까? 빨리 그 느낌을 알아가고 싶다. 매일 같은 시간이지만, 다른 나를 만나며 살고 싶다. 글쓰기를 하며 나를 알아가는 여행을 계속하고 싶다.

글쓰기에 관련해 아무것도 하는 게 없는가? 그럼 감사일기로 시작하면 어떨까? 감사일기를 쓰다 보면 삶이 더 풍요로워지고, 일상의 소중함을 느끼며 감사할 일이 더 많이 생길 것이다.

10. 내 삶의 흔적을 남기다 _이현주

　어느 날 내 일상을 블로그에서 발견했다. 10년 전부터 블로그를 쓰고 있다. 내 일을 홍보하기 위해서였다. 네이버에서 띄워준 내 블로그 글을 보고 깜짝 놀랐다. '이게 언제 적 일이야?' 하고 눈을 크게 뜨고 읽어보았다. 내 삶을 다시 돌아볼 수 있었다. 내가 쓴 블로그 덕분이다. 블로그가 내 삶의 흔적이다….

　내 삶의 흔적이 하나 더 있다. 2017년에 책을 썼다. 모유 수유 클리닉을 할 때였다. 책이 사람을 바꾼다고 한다. 책 덕분에 인생이 바뀌었다고도 한다. 내게도 큰 영향을 주었다. 우연히 도서관에서 브레드 버처드의 《메신저가 되라》를 보았다. 책에서는 10년간 한 직종에 종사했다면, 책 한 권을 써야 한다고 했다. 그 문장이 왜 그렇게 눈에 들어왔을까? '그래, 책을 써야 한단 말이지!' 바로 책 쓰는 강좌를 찾기 시작했다. 작가가 되는 과정이 있다. 서울이다. 거리는 문제가 되지 않았다. 왜 그랬는지 지금 생각해도 알 수 없다. 창원에서 서울까지 기차를 타고 다녔다. 강의를 듣고 무작정 쓰기 시작했다. 그렇게 나의 첫 책 《알고 보면 쉬운 모유 수유》를 출간했다. 읽고 시키는 대로 따라 한 그 행위 하나로 나는 책을 쓴 작가가 되었다. 내 프로필에 작가라는 이력이 추가되었다. 책을 보면 그 당시에 내가 어떤 생각을 했는지, 어떤 마음으로 글을 쓰게 되었는지 등이 저절로 떠오른다. 2017년 내 삶의 흔적이다.

산후조리원을 시작하고 어느 해부턴가 산부인과들의 산모 유치경쟁이 심해졌다. 새 산부인과가 오픈됐기 때문이다. 산모를 끌어오기 위한 방법 중 하나가 산후조리원 비용을 낮춰주는 것이었다. 개인 산후조리원 운영에 심한 압박감을 느끼게 되었다. 홍보를 더 열심히 하는 수밖에 없었다. 그때 배운 게 블로그 글쓰기다.

함께 블로그를 배운 동료들과 협업하면서 꾸준히 글을 썼다. 처음엔 왜 그렇게 쓸 게 없던지, 컴퓨터를 켜놓고 한참을 쳐다보던 기억이 난다. 조금씩 산후조리원 일상을 기록하기 시작했다. 산모들에게 해주던 젖몸살 전문 통곡 마사지 등에 관해서도 적었다. 어느 날부터 "블로그 보고 전화했어요." 하면서 문의가 오기 시작했다. '어! 이게 되네.' 하는 생각이 들었다. 재미가 조금씩 생겼다. 그렇게 블로그 글쓰기로 10년이 훌쩍 넘었다. 가끔 네이버가 몇 년 전 오늘이라고 알림을 보내면, 그때마다 깜짝 놀란다. '이게 벌써 5년 전이라고?' 그 시절로 강제 소환된다. 그날의 추억이 새록새록 떠오른다. 내가 가 봤던 곳, 같이 갔던 사람들, 그때 즐거웠던 기억들이 한꺼번에 몰려오면서 얼굴에 웃음이 지어진다. 행복하다.

일기를 쓰는 친구가 있다. 그 친구는 일기 쓰기가 평생의 습관이다. 일기가 그 친구에겐 큰 의미가 있는 것 같았다. 일기를 쓰지 않는 나에겐 홍보를 위해 시작했던 블로그가 내 삶의 기록으로 남았다. 이렇게 내 지난날의 흔적을 볼 수 있으니, 내겐 생각지도 않은 선물이 되었다.

블로그에는 모유 수유 클리닉을 하면서 겪었던 산모와의 일, 모유 전문가들과 같이 공부했던 기록들, 서울에 올라가던 날의 날씨 등등 대략적인 날들의 기록이 남아 있다. 블로그가 없었다면 대충의 기억은 있지만 몇 년 전 일인지, 그때 누구누구가 모였었는지, 어디를 갔었는지 등의 기억은 언감생심 꿈도 못 꿀 것이다. 참 감사하다.

한편, 10년 동안의 블로그에서 일상의 흔적을 찾기 힘들 땐 아쉽다. 일상의 일들은 기록하지 않았기 때문이다. 그래도 이만한 게 어딘가. 기록하지 않았다면 어디에서 내 삶의 흔적을 찾을 수 있을까. 지나고 보니 참 열심히 살았다. 고민하고 노력하는 시간을 보냈다. 다른 사람들도 그랬을 것이다. 아주 긴 시간이 지난 후에 나의 흔적을 무엇으로도 찾을 수 없다면 허무할 거 같다.

내 삶의 흔적을 남길 방법을 더 찾아봐야겠다. 일기, SNS에 글

남기기, 동영상 찍기 등도 좋다. 가장 흔한 게 일기다. SNS는 너무 공개적이다. 나처럼 대중들에게 나서는 것을 즐기지 않는 사람은 블로그가 좋은 거 같다. 블로그는 비공개로 활용할 수 있는 장점이 있다. 블로그는 사진과 영상까지 남길 수 있으니, 일기보다 더 확실한 기록이다. 블로그의 또 하나 장점이 있다. 관련된 모든 것을 링크 하나로 한 지면에 올릴 수 있다는 것이다. 어떤 이는 그날의 중요 뉴스와 자신의 일상을 같이 올리기도 한다. 친구들과 엠티를 간 날에 국제적인 이슈는 이러이러한 것들이 있었다고 링크를 걸어둔 것을 보고 재미있다고 생각했다. 더 개인적인 기록을 남기고 싶다면 혼자서 볼 수 있는 일기장을 준비하면 된다.

스마트폰의 카메라 기능이 좋아졌다. 사진을 찍기 위해 카메라를 따로 챙기지 않아도 된다. 한 가지 아쉬운 점이 있다. 사진을 뽑지 않게 된 것이다. 휴대전화를 들고 다니면서 언제나 볼 수 있기 때문이다. 2년마다 스마트폰을 바꾸게 되면서 없어진 사진들이 많다. 사라진 사진들이 아쉽다. 글도 기록하지 않으면 없어진다. 적어야겠다. 기록하면 남는다.

언젠가 무엇이든 기록하는 사람을 인터뷰한 방송을 보았다. 시골에 사는 남성분이었다. 그날그날의 일을 매일 기록하는 습관이 있었다. 특이했던 건, 본인의 가족뿐만 아니라 주위 사람들의 일까지 기록하는 것이었다. 그분의 노트에는 몇 월 며칠 뒷집 누구 누구네 둘째 아들 어느 대학 입학, 누구누구네 큰딸 어디서 결혼 식, 뒷집 누구네 송아지 출산 등이 적혀 있었다. 대단한 일은 아니 지만, 그 동네 사람들에 대한 모든 기록이 남아 있었다. 방송을 보 면서 '참 기발하다.' '특이한 사람이다.' 라고 감탄했었다. 살다 보 면 이런 기록들이 필요할 때가 있다. '옆집 영철이 결혼할 때 어디 서 버스를 타고 같이 갔었다. 돌아올 때 들렀다 온 데가 OO 관광 지였잖아! 기억 안 나? 뭐'. 이런 식의 대화를 흔히 하게 된다. 문 제는 누구의 기억도 정확하지 않다는 것이다. 물건을 사도 늘 기 록하는 사람이 있다. 지워지지 않는 매직으로 날짜, 구입장소, 금 액 등을 스티커로 기록해서 붙여두는 것이다. 처음 봤을 때 '저거 괜찮다.' 고 했던 기억이 난다.

기록은 기억을 대신한다. 어제의 기억도 내일이 되면 가물가물 해진다. 일 년 전에 내가 무엇을 했는지 머리로는 떠올릴 수가 없 다. 기록을 남기면 알 수 있다. 내 삶을 돌아보는 시간의 간격이 짧으면 짧을수록 더 좋을 것이다. 같은 방식으로 살아서 좋은 결 과가 있다면 다행이다. 열심히 살았는데 계속 힘이 들고 변화가 없다면 기록하자. 개선할 점을 찾아내자.

10년 전 내가 쓴 글이 갑자기 나에게 찾아왔다. 내 삶의 흔적을 발견했다. 블로그에서, 책에서 내 삶의 흔적을 찾았다. 작지만 내 일상도 찾았다. 어떤 이는 블로그에 쓴 글로 책을 내기도 한다. 이제 내 일상을 남기는 연습을 좀 더 해야겠다. 오늘 하루 한 줄의 글을 쓴다. 글쓰기로 내 삶의 흔적을 남기기 위해서. 글을 쓸 수 있어서 참 좋다.

한 번쯤 내 이야기를 쓰고 싶었다

제4장
에세이 한번 써볼까요

1. 내가 돈으로 살 수 없는 것은 _권미령

내가 돈으로 살 수 없는 것은 '엄마'로 살아온 시간이다. 임신과 출산, 육아를 해 온 시간은 새로운 인생을 맞이하고 살아가는 시간이었다.

"네가 태어나던 날도 이렇게 날씨가 맑았어. 춥지도, 덥지도 않았고 햇살이 참 예뻤어. 좋은 날 잘 태어났지."

딸의 출산을 도와주기 위해 서울로 올라와 우리집에 머물던 엄마가 해 주신 말이다. 그 짧은 순간, 엄마가 서른셋에 나를 낳던 날을 떠올리니 뭉클하며 감동이 차올랐다. 자주 연락하는 살가운 딸이지만, 속마음을 말하는 건 왠지 부끄러워 알맹이 말은 하지도 못하고 에둘러 안부만 자꾸 묻는 딸이다. 볕 좋은 가을날 태어난 내가, 햇살 좋은 서른둘 가을에 내 딸을 낳았다. 엄마는 손녀를 바라보며 작은 몸짓에도 나와 닮은 곳을 찾아내느라 바쁘셨다. 나를 낳아 키우던 그 시간을 떠올리고 계셨을 터. 그런 엄마의 모습을 볼 때마다 눈물 버튼을 참아내느라 힘들었다. 우리 아이들이 성장해서 아이를 낳으면 나도 엄마만큼 잘해 줄 수 있을까?

곰돌이 젤리만 한 생명체가 배 속에서 커가는 과정을 지켜보고, 세상에 나와 온전하게 자랄 수 있도록 양육을 한다는 것은 하나의 우주를 만드는 것이다. 아이와 나, 둘만 있는 시간은 작고 소중한 생명체를 바라보며 행복을 느끼는 시간이었다. 주변에서는 아이가 자면 함께 낮잠을 자면서 밤새 부족했던 잠을 채우라고 했다. 유독 나는 아이가 잠이 들어도 잠을 자지 못했다. '내가 깊이 잠든 사이 아이가 깼는데 내가 소리를 못 들으면 어쩌지?'를 시작으로, 불안 때문에 아이의 모든 순간을 뜬 눈으로 지켜보고 있어야만 했다.

잠이 부족했던 탓이었을까? 출산 후 6개월 무렵, 자가면역질환인 '건선'이 찾아왔다. 처음엔 연한 분홍색 반점이 조금씩 생겼는데, 시간이 지날수록 원을 그리며 점점 더 커졌고 팔, 다리, 얼굴, 온몸을 뒤덮었다. 병원에서는 아주 가려운 증상 때문에 힘들 것이라고 했는데, 잘 참는 성격이라 그런지 버틸 만했다. '아는 게 병'이라고 했던가! 쉽게 나아지지 않았다. 매일 연고를 바르고 잠을 충분히 자기 위해 노력했고, 광선치료 대신 햇볕을 쬐기 위해 외출을 할 때는 일부러 선크림도 바르지 않았다. 외출할 때는 더워도 긴 바지에 7부 정도 길이의 셔츠를 입고, 혹은 발목까지 가려지는 롱드레스를 입었다. 종종 오가며 인사하는 동네 어른들의 호기심도 차단하고 싶었다.

　온몸에 번진 괴물의 습격은 일 년여 동안 지속됐다. 자가면역 질환은 완치가 없는 질병이라고 했다. 언제 치료가 끝날지, 또 언제 재발할지 모르는 빨간 점들이 무서웠다. '평생 이렇게 살아야 하는 건가? 어떻게 사회생활을 하지?' 빨간 점들을 안고 일 년을 함께 살았고, 서서히 없어지다가 건선이 내 몸에서 사라졌다. 재발의 두려움은 있었지만 감사했다. 그사이 나는 복직을 했고, 둘째를 임신했다. 임신 6개월 무렵 재발한 건선. 임신 중 스테로이드는 태아에게 좋지 않아 보습로션만 바르며 버텼다. 만삭에 정기 검진을 위해 초음파를 할 때에도 피부를 뒤덮은 건선과 함께였다. 다행히 출산 후 스테로이드 연고를 다시 바르자 건선은 내 몸에서 빠져나갔고, 지금까지 건강하게 잘 지내고 있다. 지금도 피곤함을 느끼면 피부에 붉은 점이 올라오진 않는지 찾아보곤 한다. 늘 건강을 자부하던 나는 이것을 계기로 내 몸이 보내는 신호에 귀 기울이게 되었다.

　첫째 아이가 돌이 지났을 무렵, 둘째 아이를 임신했다. 첫째가

21개월이 되었을 때 둘째를 출산했다. '애 둘 맘', '연년생 맘'이 되었다. 이 시기가 나의 가장 힘들었던 '육아기'였다. 첫째는 동생의 젖병, 쪽쪽이, 치발기, 바운서, 모빌까지 차지했다. 아이의 마음을 이해하기 위해 노력은 했지만, 마음을 다해 지켜주지 못했다. 신생아인 둘째가 울면 첫째도 울었다. 내 몸은 하나요, 애는 둘이었다. 몸을 반으로 잘라 하나씩 붙여주고 싶은 심정이었다. 애써 지켜 왔던 다정하고, 침착하고, 논리적인 엄마의 모습은 무너져 내렸고, 아무것도 내가 원하는 대로 되지 않는 현실에 자존감은 지하세계를 향해 끝도 없이 떨어졌다. 육아서에 의지해 아이들의 심리를 이해해 보려 애썼다. 책을 읽을 땐 끄덕끄덕 이해해야지 하면서도 아이들을 마주하면 내 마음은 내 것이 아니었다. 위, 아래로 치솟는 감정 사이클을 반복하며 엄마의 마음도 단단해졌다. 지금도 감정선 널뛰기는 진행형이다. 예전에 비하면 진동 폭이 좁아졌다. 주식에 비유해보면, 과거에는 하한가를 찍고 그다음 날도 하한가를 찍는 날들이 많았다면, 지금은 'VI 발동' 했다가 금방 풀려서 보합 정도로 마감하는 정도다. 육아에 상한가는 없다. 아이들 덕분에 느낄 수 있는 행복과 사랑은 무한대니까.

엄마가 된 지 7년째가 되었다. 배 속의 젤리 곰들은 7살, 5살

어린이가 되었다. 내 삶의 전부인 아이들을 통해 나도 성장하고 있다. '부모는 아이의 거울'이란 말처럼, 의식하지 못한 나의 행동과 말투를 따라 한다. 더 멋진 엄마가 되고 싶어서 열심히 살아가려 한다. "청춘은 퇴색되고, 사랑은 시들고, 우정의 나뭇잎은 떨어지기 쉽다. 그러나 어머니의 은근한 희망은 이 모든 것을 견디며 살아나간다."는 올리버 호움즈의 말처럼 은근한 희망을 아이들에게 주고 싶다. 엄마의 삶은 하나의 몸과 두 가지의 영혼으로 살아가는 것이다. 수시로 '엄마'와 '나'를 전환하며 동시에 둘의 존재를 감당해 낸다. 때로는 시간에 치이고 역할의 버거움에 헐떡이지만, 오직 나만이 할 수 있는 것이기에 가치가 있다. 지금까지 내가 살아온 '엄마'로서의 시간이 더욱 빛날 수 있도록 가꿔나갈 것이다. 먼 훗날 지금의 나를 돌이켜보았을 때 '나 정말 잘 살아왔구나. 고생 많았다. 멋지게 너답게 아이들 잘 키우고 너 자신도 잘 키웠다. 수고했어.'라고 자신에게 말해줄 수 있을 만큼.

2. 결혼 후 처음으로 한 요리는 된장찌개 _김단비

콤플렉스 중 하나가 요리를 못한다는 사실이다. 계란후라이를 하면서 예쁘게 뒤집기를 성공한 적이 없었다. 계란후라이 요리는 매번 스크램블이 되어 버렸다. 결혼할 무렵에도 걱정이 '저녁밥을 어떻게 해결할까?' 였다. 그런 고민을 알고 남편은 결혼 전에 요리학원을 등록시켜 주었다. 간단한 요리들을 배울 수 있도록 해준 남편의 배려였다. 그 고마움에 요리학원 선생님이 가르쳐 준 대로 요리를 따라 해 보았다. 야채들이 삐뚤빼뚤하게 썰어지고, 불 조절을 못해서 물이 넘치는 일이 다반사였다. 그런 내 모습을 선생님은 미소로 바라봐 주셨다. 좌충우돌 끝에 요리학원 한 달 수강 기간이 끝났다. 문제는 요리학원을 나와 주방에 가는 순간 요리는 전쟁이 되었다. 학원에서 하듯이 계량컵에 맞게 요리를 하려고 했지만, 1인분 요리에 맞게 레시피를 제공해 준 학원 요리를 집에서 2인분 이상의 요리로 하려니 난감했다. 2인분은 어떻게 계산해야 할지 머릿속이 복잡해진다. 학원에서는 왜간장이라는 것을 사용하였는데, 집에는 왜간장이 존재하지 않았다. 집에 있는 간장이라곤 진간장과 엄마가 만든 간장 이 두 가지뿐이었다. 심지어 물의 양 또한 달랐다. 이런 걱정들로 주방을 서성이다가 결국 핸드폰을 들고 배달의 민족을 찾는다. 그리고 배시시 웃으며 남편에게 배달 음식을 먹게 하였다.

이런 고민을 안고 친구들을 만나면 하나같이 말하였다.

"유튜브 보면서 해봐. 그대로 따라 하면 되는데 뭐가 걱정이야." 그 말에 용기를 얻어서 신나게 요리 재료들을 구입해서 집으로 왔다.

결혼 후 처음으로 한 요리는 된장찌개다. 요알못(요리를 알지 못하는)이던 내가 유튜브를 검색해 가면서 어릴 때 과학 실험하듯이 요리를 했다. 완성된 된장찌개에 남편이 한 숟가락을 들었다. 긴장된 마음으로 바라보았다. 입가에 미소가 지어지는 남편을 보면서 안도감을 느꼈다. 그 뒤로 남편은 나만 보면 된장찌개를 끓여달라고 한다. 으쓱한 마음에 유튜브를 검색하는데, 처음 요리할 때 봤던 유튜브 영상을 찾을 수가 없었다.

'아뿔싸 어떡하지?' 하며 기억을 더듬어서 찌개를 끓였다.

'된장 두 숟갈에 고추장 한 숟갈이었나? 물 양은 어느 정도였지? 몇 분 동안 끓였었나?'

계속 되뇌면서 요리하다 보니 나만의 비법이 만들어졌다. 처음 만들었을 때보다 깊은 맛이 있다고 남편이 엄지척해 주었다.

지금도 과학 실험하듯이 된장찌개를 끓인다. 뚝배기에 물 반을 채운 후 된장 두 순갈에 고추장 한 순갈을 넣고 휘저어 준다. 화산 폭발하듯 넘칠 듯이 물이 끓으면(아마 15분 정도) 파와 고추, 두 부를 넣고 3분을 더 끓인다. 그럼 된장찌개 완성이다. 간단하지만 나만의 비법이 생겨 뿌듯하다.

이런 자신감으로 유튜브를 보면서 하나씩 요리를 따라 해 보았 다. 된장찌개처럼 성공한 요리는 소고기미역국, 콩나물국 등 손에 꼽힌다. 거의 실패로 끝나, 아까운 음식 재료들만 음식물 쓰레기 통으로 직행하였다.

그러다 보니 요리를 못하는 핑계들을 하나씩 만들기 시작한다. '주방이 좁아서 요리가 힘들어', '칼이 잘 들지 않아', '음식 재료 가 신선하지 못해' 등등 점점 자기 합리화에 빠지기 시작한다. 저 녁밥 하기는 결국 남편의 몫으로 돌아갔다. '남편은 어떻게 요리 를 잘하지?' 호기심이 생겼고, 남편이 요리하는 것을 관찰하였다. 처음엔 나와 똑같이 유튜브를 보면서 따라 한다. 계량컵에 레시피 대로 재료들을 준비하고, 요리 순서에 맞게 척척 한다. 나보다 야 채도 예쁘게 썰어놓고, 중간에 설거지도 하는 여유를 부리며 즐겁 게 요리를 한다. 열심히 관찰하는데, 나와 특별히 다른 것은 없어 보였다. 근데 '왜 내가 한 요리는 맛이 없을까?' 관찰한 후 깨달은 점이 있다. 바로 기다림이다. 남편은 물을 끓이는 동안 기다리면서 설거지도 하고 재료들을 손질도 하면서 시간 배분을 잘하였다. 하지만 나는 물을 끓이는 동안 언제 끓는지 안절부절못하면서 불 앞에 서서 바라만 본다. 그리고 물이 끓으면 그다음 순서로 이어 지는데, 순서에 맞게 요리 손질이 되어 있지 않으면 또 급하게 재 료를 그냥 투하한다. 그렇게 만들어진 음식이라서 맛을 보장할 수 없었다. 요리도 타이밍이 중요함을 남편을 관찰하며 깨달았다.

내가 요리를 실패한 또 다른 이유가 있었다. 과학실험으로 되 지 않는 요리들이 세상에 많다는 걸 깨달았다. 요리에는 정성도 중요하지만, 감각이 있어야 한다. 나에게는 아쉽게도 그 감각이 없다. 그렇게 좌절하는 나를 향해 남편이 한마디를 하였다.

"요리할 때 전투적으로 해서 그런 게 아닐까? 그냥 즐기면서 하면 돼."

그 말에 공감이 되지 않는 나는 고개를 갸우뚱거리며 주방을 조용히 나왔다.

그 뒤로 우리집 밥상에서 전쟁은 사라지고 평화를 되찾았다. 맛난 음식들이 저녁 밥상에 올려지기 시작하고 맛있게 먹는 일만 남았다. 먹는 순간에 행복감을 안겨주는 이 맛있는 음식들은 그냥 만들어지는 것이 아니다. 남편의 사랑과 정성이 만들어 낸 밥상이 다. 내가 만들지 못한 것을 남편이 대신해 주고 있었다.

결혼한 지 6년이 되었지만, 지금도 여전히 내가 할 줄 아는 요리는 손에 꼽힌다. 주방은 남편의 공간이 되었다. 그래도 내가 가진 초라한 요리 실력이 녹슬지 않게 일주일에 한 번은 내가 할 수 있는 요리를 한다. 매일 밤 맛있는 저녁을 해주는 남편에게 고마운 마음을 전하고자 금요일 밤 저녁은 맛있는 된장찌개를 보글보글 끓인다. 매주 끓여 주는 된장찌개에 언제나 남편은 엄지척해 주며 맛있게 먹는다. 함께 먹는 즐거움을 나눌 수 있는 남편이 있어서 항상 감사하다. 어느 유튜버가 가르쳐 준 레시피는 나의 비법이 담긴 하나밖에 없는 된장찌개가 되었다. 나에게 요리라는 것을 할 수 있다는 걸 알게 해준 소중한 요리이다. 여전히 요리는 서툴지만, 하나씩 레시피를 정복한다는 커다란 꿈을 가슴에 새기고 매주 금요일 된장찌개를 끓인다. 나의 서툰 사랑의 표현이 남편에게 잘 전달되기를 바라면서 사랑이 담긴 된장찌개를 만든다.

3. 무인도에 가지고 갈 3가지 _나은주

요즘 나의 마음의 소리. "나 애들 대학 가면 3개월간 혼자서 해외여행 갈 거야." 나 혼자 무인도를 간다는 생각만으로 왠지 설레고 정말 여행을 가는 느낌이다. 내가 혼자 무인도를 간다면 가지고 갈 3가지는 무엇일까?

음, 첫 번째는 모든 것이 다 구비되어 있는 '집'을 가지고 가고 싶다. 너무 큰 바람인가? 일상의 삶이 그대로 옮겨온 듯 불편하지 않게. 인터넷도 불편하지 않게, 셋탑 박스가 장착된 와이파이가 되는 그런 집이었으면 좋겠다. 편리함에 익숙해진 나는 불편한 일상이 두렵다. 무인도에 가지고 갈 것들을 생각하며 떠오르는 물품들이 꼭 내가 시댁에 내려갈 때 챙겨야 하는 것들과 똑같은 것들로 오버랩된다. 웃음이 피식 나온다. 언제나 시댁 식구들은 불편하다. 같이 있어도 왠지 나 혼자 있는 듯한 느낌이다. 무인도를 연상하는 순간 시댁이 떠오르다니! 시댁은 같이 있어도 외로운 것이다. 그런 외로움을 견디기 위해 익숙한 나의 집을 그대로 옮겨가면 참 좋겠다. 두 번째, 가지고 가고 싶은 것은 나를 위로하는 향기 오일들이다. 상처난 마음을 치유해 주는 사랑의 로즈 또는 명상의 샌달우드 '아로마'를 가지고 가겠다. 명상도 하고 싶고, 상처 나고 지친 나의 구멍 난 마음도 치유하고 싶다. 생각만 해도 마음이 차분해지는 힐링테라피 필수 품목, 아로마이다. 세 번째는 펜과 종이다. 펜으로 끄적끄적 유유하게 이모티콘이든 무언가 아날로그식으로 적어보고 싶다. 그 시간 동안 나를 둘러싼 주변공기를 느끼며 그 순간 나의 감정들을 글로 남기고 싶다.

세 가지만으로는 안되겠다. 마지막으로 하나 더 가지고 가고 싶은 것이 떠오른다. 커피! 카페인 중독인지 요즘 들어 커피는 나의 찐 일상이다. 찐하고 뜨겁게 내 옆에서 나를 위로해 주는 커피를 가지고 가겠다. 나 혼자 있을 때 내 옆에 있는 것들, 나를 채워줄 수 있는 것들. 그것이 내가 무인도에 갈 때 꼭 필요한 것들이다. 나 자신 본연의 자연스러운 나를 찾고 또한 느끼고 싶다.

서울 촌사람이었던 나는 15년여의 바쁜 직장 생활을 했다. 그동안 운 좋게도 비행기 타고 해외 출장을 참 많이도 갔다. 저 멀리 이집트를 갔어도 여행 일정 하나 없이 새벽부터 저녁 늦게까지 일만 했었던 나의 젊은 시절. 30대 오롯이 회사에 올인했던 그런 시절이 있었다. 그 후 40대 초반이 되어서야 아이들 육아로 15년여 넘게 다닌 애증의 회사를 퇴사했다. 뉴스에서 자주 흘러나오는 단어, 경단녀가 되었다. 회사에서의 그 높던 직책도 아무 의미가 없다. 나는 단지 나이 많고 가방끈이 긴, 거기다 경력도 부담스럽게 많은 슈퍼 경력의 경단녀이다. 자칭 프로페셔널한 나를 써주는 곳은 생각과는 달리 없었다. 의료 기기, 화장품 동종업계로는 갈 생각이 전혀 없었기에 지인의 회사에서 잠시 일을 도와주며 기회를 보고 박사 공부를 하였다. 지금 당장 내가 잘할 수 있는 것은 오로지 강의뿐. 그래서 강의가 들어오는 대로, 닥치는 대로 했다. 그 순간 나는 살기 위해서 강의를 했다. 그거라도 안 하면 자존감이 더 바닥이 될 것 같았다. 멀리 기차를 타고 가서 강의도 하고, 시각장애인들에게 아로마와 마사지를 가르쳐 보기도 하고, 지역 문화센터에서 화장품 만들기 강의도 하였다. 수입은 얼마 안됐지만 새로운 경력들을 쌓을 수 있었다. 그 시절에는 그거라도 하지 않으면 안될 것 같았다. 지금도 '갑' 의 인생이 아닌, 계약직의 겸임 강사 '을' 의 인생을 살고 있다. 돈은 조금 벌지만 그래도 벌어야 하고, 그나마 나를 찾아주는 곳들이기에 항상 감사한 마음으로 강의를 하려 한다.

요즘 MZ세대에게 강의를 하는 것은 너무 많은 인내심이 필요하다. '내가 무엇 때문에 하는 수업이지?' '내가 이렇게라도 강의를 해야 하나?' 순간순간 자괴감이 든다. 아마 요즘 대학에서 전공 강의를 하는 교수님들은 적어도 나와 같은 생각을 꼭 한 번쯤은 해보셨을 것이다. 2006년부터 회사를 다니면서 대학에서 강의를 했었다. 대학에서의 강의는 나의 유일한 즐거운 스트레스 해소법이었다. 지금의 학생들은 그 시절과는 너무나도 다른 학생들이다. 그렇게 변화된 학생들을 대상으로 강의하는 것이 이제는 하나도 즐겁지가 않다. 스트레스 해소가 아닌 스트레스로 나에게 다가온다. 그래서 요즘은 대학생들이 아닌 성인을 대상으로 아로마나 천연화장품 만들기 수업을 하는 것이 더 즐겁다. 감정과 대화가 통한다랄까? 그들과 서로 공감하는 즐거운 시간들은 나를 웃음 짓게 만든다. 그래서 조금씩 학교 강의를 줄여나가려 한다. 지금도 여전히 하고 싶은 일들이 많은 터라 새로운 것들을 배워 나가려 한다. 현실 앞에 닥친 일들을 지혜롭게 헤쳐 나가면서 현실의 나에게도 충실해야 하니 너무 바쁜 일상들이다. 이런 바쁜 일상에 무인도로 여행가는 상상은 그야말로 사막의 오아시스처럼 신나고 활기차진다. 나의 마음이.

무인도 이야기를 하면서 너무 주저리주저리 나의 과거를 파헤

친 것 같다. 왜 내가 혼자서 여행하고 싶고, 3개월 이상 해외여행을 하고 싶을까 하는 이유를 찾다 보니 내 마음속 과거로의 여행이 시작되었던 것 같다. 여러분은 무인도에 갈 때 어떤 것을 가지고 가고 싶으신가요?

4. 나의 글씨 이야기 _석승희

글씨에 푹 빠져서 헤어 나오고 있지 못한 것이 햇수로 6년째이다. 정확히 말하자면 캘리그라피 글씨를 배우고 써온 시간이 그러하다.

나의 글씨에 대한 첫 번째 시작은 초등학교 1학년 때 경필대회에서 최우수상을 받은 것이다. 그 이후로 학급의 서기는 줄곧 나의 몫이었고, 선생님께서 잠시 자리를 비우셔야 할 때 칠판 글씨, 그리고 환경미화가 있을 때 전지에 쓰는 글씨도 내 차지였다. 나의 노트 글씨는 궁체이고, 일기를 열심히 썼던 어린이였다. 일기의 중요성을 강조하시던 5학년 때 담임선생님 덕분에 노트 6권의 일기장을 썼었다. 그리고 친구들에게 편지쓰기를 좋아했다. 어렸을 때부터 글씨와 친하게 지냈다.

직장 생활 10년 이상을 한 즈음에 1년 반을 쉬게 되는 기간이 있었다. 주말에도 교대로 근무해야 하는 직종에 종사해서 배우고 싶은 것을 배울 수가 없었다. 쉬는 동안 '이번 기회에 배우고 싶었던 것을 배워봐야지!' 하고 마음먹었다. 가장 배우고 싶었던 게 서예였다. 마침 집에서 가까운 곳에 서실이 있어서 찾아가 등록을 했다. 다니던 도중 다른 사정이 생겨 4개월 만 다녔었는데, 좋았던 점이, 서실을 하루 종일 오픈해 주시는 점이었다. 내가 원하면 종일 있어도 괜찮았다. 신나서 도시락까지 준비하고 아침 9시에 가서 오후 5시까지 글씨 연습을 하고 나왔다.

텔레비전에 캘리그라피 글씨로 유학을 다녀온 작가분이 출연한 프로그램을 보면서 캘리그라피를 알게 되었고, 우연한 기회에 원데이 수업에 참여했다. 그 당시에 글씨 유학을 꿈꾸기도 했다. 그리고 몇 년이 흘렀고, 네이버 밴드에 가입하면서 캘리그라피 글씨를 쓰기 시작했다. 밴드 안에 별도의 글씨 스터디 방에 들어갔다. 스터디가 진행되던 중간에 스터디를 이끄시던 선생님께서 밴드를 만들어 공부하던 사람들을 개별적으로 초대하셨다. 그 밴드 안에서 매일 체본 글씨를 올려주셨고, 그대로 따라 쓰고 사진으로 찍어 올렸다. 설과 추석 연휴 기간 열흘을 제외하고 1년 반 동안 지속했다. 1년 넘게 같은 글씨체만 연습하니 식상했다. 나에겐 캘리그라피 글씨의 처음을 같이 한 글벗 언니가 있다. 언니가 강원도 영월에 계신 선생님을 뵙고 왔다며, 언제 내게 소개해 주고 싶다고 했다. 그렇게 강원도 영월에 가게 되었고, 2~3주에 한 번씩 8개월을 오가며 글씨 공부를 했다. 고속 터미널에서 버스를 타고 언니가 살고 있던 문막에 내리면 거기서부터 언니와 함께 100km를 달려갔다. 하루라는 시간을 들여 먼 길을 오갔지만, 늘 여행길처럼 설레고 즐거웠다. 직장을 다니고 있었던 때라 수업 날과 휴무일을 조절하느라 신경을 많이 기울였다. 강원도의 아름다운 자연을 만나는 일이 참 좋았다. 새로운 글씨체를 배우는 게 어렵지만 재미있었고, 서원에 오는 분들과 함께한 가끔 소풍 같은 나들이도 또 다른 힐링 시간이 되었다. 한문 서예도 배워 처음으로 공모전에 참가해 보았다. 과제를 해간다고 밤을 꼬박 새우는 일도 전혀 피곤하게 느껴지지 않았다. 오히려 직장에서 받은 스트레스를 해소할 수 있었다. 짧은 시간에 여러 가지를 경험했었던 영월의 글씨 공부는 나만의 글씨체를 만드는 데 도움이 많이 되었다.

한글 캘리그라피를 공부하던 중 호기심이 많은 나는 영문 캘리그라피에도 관심이 가기 시작했다. 한글 캘리그라피와는 다른 멋이 느껴졌다. 영어를 잘하지 못하지만, 본래 영어를 좋아했던 것도 관심을 가지게 되는데 큰 작용을 했던 것 같다. 고딕이라는 서체를 시작으로 모던, 카퍼플레이트, 언셜, 로만, 이탤릭, 캐롤린지안까지 배우고 잠시 멈춤 상태이다. 영문 캘리그라피는 서체의 종류가 매우 많다. 배움을 좋아하는 나는 그게 매력이라고 생각된다. 인사동 경인미술관에서 카퍼플레이트 서체 수료 후 졸업전시회 참여도 해보고, 유명한 외국 영문 캘리그라피 선생님께서 내한했을 때 열린 영문 워크숍에 참가도 해보았다. 조금씩 영문 캘리그라피에도 발 담그고 있는 중이다. 알게 되는 게 늘어갈수록 더 알고 싶어지는 분야이다. 지인들의 외국 여행 사진을 보게 될 때 간판이나 성당, 박물관, 전시에 아는 서체의 글자가 보이면 반가운 마음이 든다.

글씨가 좋아 취미로 즐겨오다 지인의 소개로 평생학습관 캘리그라피 강의를 시작했고, 사회적기업 러블리 페이퍼 재능기부 작가로 활동 중이다. 마트 문화센터에서 강의도 하게 되었고, 초등학교 방과 후 지도사로 발령도 받았다. 그런데 아쉽게도 코로나가 성행할 무렵이라 방과 후 지도사로서의 첫발은 내딛지 못하고 무기한 보류되었다. 또 영월로 함께 공부하러 다녔던 언니와 강원경제신문에 안동석 시인님의 시를 캘리그라피로 시화 작업 재능기부 중이다. 2019년 7월 34회차부터 합류했는데, 어느새 290회차까지 발행되었고 300회차가 멀지 않았다. 그리고 2021년 7월부터 필사 모임 '예현당'의 멤버가 되었고, 매주 화요일 온라인전시회에 33회차부터 참여했으며, 다음 주가 76회차를 맞는다. 창비

손글씨당 서포터즈로 9기부터 활동하여 현재 22기 수행 중으로 기간으로는 4년을 넘어가고 있다.

　글씨에 미쳤냐는 소리를 많이 들었다. 단지 좋아해서 열중했던 것뿐인데, 돌아보니 그만큼 푹 빠져 열정을 가지고 해왔기 때문에 지금의 나의 모습이 있는 게 아닐까 생각된다. 글씨를 쓸 때 마음이 정화되는 기분이 든다. 글씨를 쓰면서 마음을 차분하게 가라앉히고 집중하는 그 시간이 좋다. 스트레스를 풀기 위한 해소 수단 중에 하나다. 다양한 취미를 가지고 있지만, 책을 읽는 것과 더불어 가장 오랜 시간 지속하고 있는 게 글씨를 쓰는 것이고, 평생 가지고 가고 싶은 취미다. 지금까지 주변에 글씨를 쓴다는 것을 요란하게 알리지 않았다. 작년부터 부채를 선물하고, 가까이하는 사람들과 간혹 공유했다. 나의 글씨를 보고 힘을 얻었다고 말해주니 기분이 좋았다. 올해 초에는 지인의 부탁으로 다도 카페의 메뉴판 글씨 의뢰 작업을 했다. 마음에 들어 하는 지인의 모습을 보니 나도 행복한 기분이 들었다. 글씨로 나눌 수 있어서 감사했다. 나의 글씨로 다른 사람들에게 영향을 줄 수 있는 사실을 이제야 제대로 느끼게 되었다. 앞으로 글씨로 나눌 수 있는 더 많은 것들을 찾아보고 더 많은 사람들과 함께 나누고 싶다.

5. 김치찌개의 추억 _이경해

연애 시절, 집에 처음 인사하러 온 남자친구(현재, 남편)에게 아빠가 말했다.

"밥이나 먹으러 가자." 집 밖으로 나와 차에 타라는 아빠의 말에 남자친구의 눈이 동그래지더니 놀라는 표정이었다. 그 길로 분당에서 경기도 이천까지 가서 쌀밥 정식을 먹고 왔다. 신랑은 그 일이 신기했는지 두고두고 이야기한다. 몸이 불편했던 엄마가 음식 하는 걸 힘들어하셔서 아빠는 맛집을 찾아다니는 걸 좋아하셨다. 자연스럽게 우리 가족은 외식에 익숙해졌다. 하지만 시댁은 무엇이든 집에서 요리해 먹는 걸 당연하게 여기는 문화였다. 바깥 음식에 지친 나도 웬만하면 집에서 음식을 해 먹고 싶었다.

신혼여행 기간, 좋아하는 해산물과 고기를 실컷 먹었다. 며칠 지나니 얼큰한 김치찌개 생각이 간절했다. 여행에서 돌아온 첫날, 집에서 먹는 첫 저녁 메뉴를 김치찌개로 정했다. 음식을 전혀 할 줄 몰랐던 나는 엄마에게 전화를 걸었다.

"엄마, 김치찌개 어떻게 만들어? 김치만 넣으면 되나?"

"밖에 나가서 먹고 오지, 힘들 텐데!"

엄마는 이렇게 말하면서도 김치찌개 만드는 방법을 알려 주셨다. 생각보다 어렵지 않았다. 김치를 썰어 냄비에 담고 볶다가 양파, 참치를 넣고 보글보글 끓였다. 마지막에 고향의 맛 다시다를 1숟갈 첨부해 맛을 보니 김치찌개 비슷한 맛이 난다. 나 스스로 기특하다고 칭찬했다. 남편에게 처음 해주는 음식이라 나름 온 정성을 다해 끓였다. 남편도 맛있게 먹어줄 것이라고 기대했다. 신랑과 식탁에 마주 보고 앉았다. 첫 숟갈을 떠먹은 남편이 숟가락으로 찌개를 휘저어 본다. 그리고 나를 본다.

"양파를 넣어서 단맛이 강해."
"육수는 뭐로 낸 거야?"
나는 동그랗게 눈을 뜨며 "육수?" 하며 고개를 가로저었다. 나의 반응을 본 남편은 다시 말을 이었다.
"끓이면서 맛은 봤어?" 머리를 끄덕이며 숟가락으로 국물을 떠먹었다.
"많이 이상해?" 되물었다.
내 표정과 말투가 어두워졌음을 감지했는지 "아니야, 먹을 만해" 한다.
식사 내내 어머님이 보내주신 반찬으로만 젓가락이 움직인다.

다음 날 저녁, 남편이 싱크대 선반에서 냄비를 꺼낸다. "내가 김치찌개 끓여줄게, 잘 봐." 그렇게 말하며 김치를 썰어 냄비에 담는다. 고추장과 마늘을 한 숟가락씩 넣고 마트에서 사 온 돼지고기를 담아 손으로 주무른다. "이렇게 해야 김치와 고기에 양념이 골고루 배는 거야!" 그러고는 냄비 뚜껑을 닫고 30분 정도를 기다렸다가 물을 붓고 센 불에 끓였다. 끓는 동안 대파를 꺼내 큼직하게 썰어 놓는다. 찌개에서 끓는 소리가 나자 썰어 놓은 대파를 한 움큼 들어 냄비 안으로 넣는다. 잠시 후 숟가락으로 국물을 떠서 나에게 건넨다. "먹어봐, 어제 네가 만든 거랑 어떻게 다른지." 신랑은 표정부터 자신만만해 보였다. 속으로 "뭐, 얼마나 맛있겠어." 하며 숟가락으로 국물을 떠먹었다. 나도 모르게 "오~" 탄성이 내뱉어졌다. 얼큰하고 담백한 느낌에 달지 않았다. 맛도 좋았다. 하지만 전날 투덜거리며 잔소리하던 신랑의 모습이 생각났다. 맛있다고 말하기에는 자존심이 상했다. 말을 아끼며 신랑이 끓여준 김치찌개를 다 먹었다.

며칠이 지난 주말에 시댁으로 저녁을 먹으러 갔다. 시어머니는 전라도 분으로 일곱 살 때부터 음식을 만들어 논에서 일하시는 부모님께 참을 해 드렸다고 들었다. 시어머니 시절에는 맏딸이라면

혼하게 일어난 일이라고 하니 생소했지만, 어머님의 어린 시절이
안쓰럽게 느껴졌다. 그래서인지 어머님의 음식은 맛있다. 웬만한
식당과 비교가 안된다. 음식 하는 걸 도우며 어색함을 없애려 김
치찌개 일화를 말씀드렸다. 어머님께서는 웃으시더니 직접 찌개
끓이는 과정을 보여주셨다. 남편의 김치찌개 과정과 거의 비슷했
다. 마지막에 친정엄마가 말했던 고향의 맛이 한 숟갈 추가되었
다. 어머님이 끓여주신 김치찌개는 남편 것보다 몇 배는 더 맛이
있었다. 겉으로는 웃으셨지만, 김치찌개를 제일 좋아하는 아들이
며느리한테 밥을 못 얻어먹고 다니게 될까 걱정되셨던 모양이다.
저녁 식사를 하면서 신랑이 학창 시절 이야기를 풀어놓는다. 도시
락을 싸서 다니던 시절, 어머님은 김치찌개를 늘 유리병에 싸 주
셨다고 한다. 같이 밥을 먹게 된 친구들이 김치찌개를 먹어본 후
반했고, 이후 여자 친구들이 점심시간만 되면 신랑의 책상으로 모
였단다. 친구들의 고기랑 햄 반찬을 먹을 수 있어 좋았지만, 제일
인기 있었던 건 어머님의 김치찌개라며 은근히 자랑스러워했다.
이후로 김치찌개를 끓일 때는 어머님이 알려주신 방법을 떠올리
며 끓였다.

인터넷에서 김치찌개를 검색하니 종류가 참 다양하다. 스팸 김

치찌개, 묵은지 김치찌개, 등갈비 김치찌개, 돼지고기 김치찌개, 참치 김치찌개 등, 들어가는 재료에 따라 맛도 다르다. 아이들은 꽁치가 들어간 꽁치 김치찌개를 좋아하고, 남편은 돼지고기가 어우러진 묵은지 김치찌개를 좋아한다. 나는 맑은 국물 맛이 나는 참치 김치찌개를 좋아한다. 김치찌개도 입맛에 따라 좋아하는 것이 다르다.

결혼하고 15년이 넘으니, 이제는 김치찌개가 제일 만만한 음식이 되었다. 굳이 마트에 가서 장을 보지 않아도 집에 있는 음식 재료를 이용해 끓여 낼 수 있는 음식이 되었다. 얼마 전부터 남편도 내가 끓인 김치찌개가 어머님이 끓이신 김치찌개보다 더 맛있다고 말해준다. 어머님이 나이가 드시면서 맛에 대한 감각이 둔해지신 탓이다. 하지만 어머님의 손맛은 따라갈 수가 없다. 몸으로 50년 넘게 익히신 음식을 내가 어찌 따라갈 수 있겠는가? 다만 남편의 입맛이 점차 내가 한 음식에 길들어 그런 거로 생각한다. 내가 김치찌개를 잘 끓이게 된 것은 열심히 익히고 반복하여 만든 결과물이다. 인생을 사는 데 있어 처음부터 잘하게 된 것은 없다. 배우고 실행하기를 반복하고, 실수와 시행착오를 거치면서 점점 내 것으로 소화한다. 날이 점점 더워지고 있다. 짧은 봄이 지나고 여름이 오는가 보다. 오늘은 땀을 많이 흘린 식구들 몸보신을 위해 등 갈비를 잔뜩 넣은 김치찌개를 더 맛있게 끓여봐야겠다.

6. 내 나이 때의 엄마는 어떤 사람이었을까? _이지선

내 나이 때 엄마는 자식 셋을 키우고 있었다. 나와 막냇동생은 다섯 살 차이다. 18평 임대아파트에 살았다. 방은 두 칸이었다. 안방에서 다섯 식구가 잠을 잤다. 엄마는 피부도 하얗고 검정 파마머리를 했다. 내가 기억하는 엄마의 모습은 주방에서 아빠의 퇴근 시간에 맞춰 저녁 준비를 한다. 석쇠 판에 김을 굽고 소금을 뿌렸다. 그 당시엔 삐삐로 연락했다. 새벽 4시 반에 출근하는 아빠에게 꼬박 아침밥을 차렸다. 엄마는 주판을 두드리며 가계부를 적었다.

내가 7살이 되었을 때 엄마는 신문 배달을 했다. 장마철에 우비를 입고 집을 나서던 엄마가 생각난다.

한번은 사장님께 전화를 받고 헐레벌떡 신문을 돌리러 나가던 모습도 생각난다. 동이 다 튼 아침이었다. '그 당시에 엄마는 왜 일했을까?'라는 생각이 들었다. 두 아이를 낳고 보니 이해가 되었다. 책임감이 많은 엄마였다. 지금의 나라면 과연 신문 배달을 했을까 싶다.

우리 엄마는 아들 다섯인 집에 막내딸로 태어났다. 외할아버지의 사랑을 독차지했다고 했다. 외할머니는 엄마의 고생이 '사위

탓'이라고 지나가는 말로 한 번씩 이야기한다. 엄마의 유년 시절은 부유해서 건물도 있었고, 유모도 있었다. 얼굴도 참 곱다. 그런 엄마가 한 남자의 아내가 되어 자식을 셋이나 낳고 생활력 있는 여자로 변했다. 지금의 나보다 훨씬 지혜로운 엄마이다. 아이 둘을 키우다보니 셋을 낳아 키운 엄마가 존경스럽다.

자식을 낳아봐야 부모 마음을 안다고 했다. 그 말이 딱 맞다. 나는 엄마를 따라가려면 한참 멀었다.

서른다섯 나의 하루는 이렇다. "자기야, 집에 언제 와?" 출근한 남편에게 묻는다. 오늘도 역시나 나는 육아가 벅차다. "집에서 아이들 키우며 살림할래? 회사 다니면서 돈 벌어올래?" 하면 난 후자를 택하겠다.

나의 체력이 문제일까? 일찍 하원을 해서 그런가? 보통 어린이집에 보내는 엄마라면 오전 10시쯤 등원해서 오후 4시쯤 하원을 한다. 나는 '1시 신데렐라'이다. 아이들이 낮잠을 자지 않는 관계로 집에 일찍 데려온다. 세 시간이 나의 '힐링 타임'이다. 바닐라라떼 아이스 한 잔 들고 집에 온다. 식탁이 내 책상이다. 블로그에 책과 강의 후기, 가족과 함께한 여행을 포스팅하며 기록한다. 가끔은 오디오클립에 내 목소리를 담아 올리고 유튜브, 네이버TV에

도움이 될 만한 영상들을 찍어 업로드하고 있다. 잠시 '이지선'으로 사는 시간을 채우고 나면 생산성 있는 사람이 되어 있다. 맛있는 음식을 먹기보단 살기 위한 점심을 먹어주고 두 아이를 데리러 간다. 놀이터에서 그네도 밀어주고, 신나게 뛰노는 모습을 핸드폰으로 찍는 사진기사도 된다. 이 모습을 함께하지 못하는 양가 부모님, 신랑에게 사진을 전송한다. 비눗방울도 불어주고, 가끔은 쿠킹클래스도 다녀오면 오후 3시다. 집에 도착하면 아이들은 장난감을 가지고 놀거나 TV를 시청한다. 나는 침대에 누워 잠시 휴식을 취하고 나면 저녁 준비시간이다. 배달로 저녁을 해결하면 설거지와 집 안 청소만 하면 된다. 집밥을 먹는 날이면 나는 주방에서 2시간 동안 가족들을 위해 음식을 하고 설거지를 한다. 이 시간도 보람된 시간이다.

"삐삐삐삐삐." "아빠, 안녕히 다녀오셨어요." "아빠, 안녕히 다녀오셨습니까." 나의 구세주가 왔다. 아이들은 아빠를 쫄래쫄래 따라다니며 깔깔거린다. 집에 나 이외의 어른 한 사람이라도 존재한다는 것은 든든하다. 독박육아 중인 엄마에게 얼마나 큰 도움이 되는지 아이를 낳고 키워본 사람은 안다. 홀로 아이 둘을 케어한다는 게 벅차고 부담스러운 것도 사실이다. 다치지 않고 재미있게, 행복하게 맞춰 주려다 보니 진이 빠진다. 엄마가 될 준비도 없이 아이를 낳은 것 같았다. 아직도 자격이 충분하지 못하다고 생각한다. '도대체 엄마란 어떤 사람이어야 할까?' 라는 의문을 매일 품는다. 이럴 때면 친정엄마에게 전화를 해서 어떻게 해야 하는 것이냐고 묻는다.

엄마를 생각하며 글을 쓴다. 타임머신을 타고 과거로 여행을 다녀왔다.

그 시절의 나와 엄마가 그립다. 글을 쓰며 엄마의 인생에 대해 생각했다. 지금의 나는 내 나이 때의 엄마를 닮고 싶다. 지금은 엄마 나이가 65세이다. 65세가 된 나는 그때의 나의 엄마를 어떻게 기억할까?

'엄마'라는 직업은 배워가는 자리라고 생각한다. 나는 언제쯤 이 자리를 자연스럽게 받아들일까?

서울 깍쟁이처럼 생긴 엄마의 모습에는 강인함이 숨어 있다. 아직도 막내딸 같은 나는 엄마의 '외유내강' 함을 닮고 싶다.

기록은 삶의 추억을 만들어 준다. 나는 딸만 둘이다. 딸들은 커서 나처럼 '엄마' 가 될 것이다. 우리 딸들이 아이를 낳고 헤매지 않도록 '육아 기록장'을 전달해 주려 한다. 손으로 쓰는 마미북도 적고 있다. 연년생 키우는 비법을 작성했다. 블로그에 기록한 '육아 일지'다. 딸들이 첫 아이를 낳고 헤매지 않도록, 우리 엄마는 우리를 이렇게 키웠다고 느낄 수 있게 해주려 한다. 내가 꾸준히 에세이를 쓰는 이유다.

7. 내가 입버릇처럼 하는 말 _이현주

세상에 공짜없다는 말이다. 직장을 다니고, 아이를 낳고, 여러 가지 사업을 했다. 산후조리원, 모유 수유 클리닉, 스마트스토어에 도전했다. 지금은 모유 클리닉과 산후관리사 파견업을 하고 있다. 필요한 공부를 계속한다. 공부하니 자격증도 많이 취득했다. 그렇게 배우고 느낀 것들이 쌓였나 보다. 나도 모르게 입에서 나오는 말들이 있다. 어릴 때 많이 듣던 어른들의 말이다. 그때는 어른들의 말이 잔소리 같았다. 듣기 싫었다. 내가 어리다고 어른들이 마음대로 하려는 것처럼 느껴졌다.

살아보니 내가 잘되는 것도 내 탓이고, 내가 못 되는 것도 내 탓이었다. 공부를 열심히 했으면 성적이 잘 나올 것이다. 노느라 즐겁게 지냈으면 성적은 포기해야 한다. 놀면서 성적이 잘 나오는 법은 없다. '공부해라. 늙어서 후회한다.' '책 좀 봐라.' '공짜 바라지 마라.' 등 참 많은 말을 듣고 자랐다.

아버지는 늘 책을 손에 쥐고 계셨다. 그중에 한 권이 명심보감이었다. 명심보감은 명나라 때 중국 고전에 나온 선현들의 금언이나 명언들을 편집한 책이다. 아버지는 6·25 때 할아버지, 할머니가 돌아가셨다고 한다. 일찍부터 일을 해야 했던 아버지는 공부에 대한 목마름이 있었다. 그 당시엔 아버지한테 잡히면 안된다고 생각했었다. 아버지의 '거기 좀 앉아봐라.' 라는 말씀에 속으로 '에이, 또 잡혔네.' 했던 기억이 난다. 지금 아버지가 했던 것처럼 내가 아들에게 하고 있다. 내가 했던 실수를 아들은 하지 않기를 바라는 마음에서다. 아들은 잔소리로 들을지 모르겠다. 내가 그때 그랬던 것처럼.

요즘 새롭게 생긴 습관이 있다. 나와 관련된 모든 것들을 관찰하는 것이다. 일이 잘되어 가거나, 틀어지거나 분명히 내 행동의 결과이다. 간호과를 졸업한 후 산후조리원을 운영하며 모유 마사지를 배우기 위해 기차나 고속버스를 타고 서울로 교육받으러 다녔다. 내가 모유 클리닉을 하고 또 산후도우미 파견업을 하는 것도 지금까지 내가 해왔던 일의 연장선상이다. 간호과를 졸업하지 않았거나, 산후조리원을 운영하지 않았다면 당연히 지금의 나는 없을 것이다.

하는 일만 하고 있으면 변화는 없다. 발전도 없다. 몸은 편하다. 하지만 성장과는 반대의 길로 가게 된다. 내가 바라는 모습이 있다면 준비해야 하는 기간이 있다. 코로나19로 세상이 급변하는 것을 보았다. 이 시기를 지나면서 누구는 성장하고, 누구는 도태되(몰락하)는 것을 보았다.

나는 후자에 가까웠다. 준비하지 못했기 때문이다.

모유 수유 전문가는 임산부, 산모를 대상으로 교육한다. 코로나19전에는 태교, 임산부 교육, 모유 수유, 출산, 육아, 부모 교육 등 다양한 교육들이 보건소나 맘스카페, 산부인과에서 진행되었다. 코로나19는 모든 교육을 중지시켰다. 대부분의 일반강의도 중지되었다. 시간이 지나 줌 강의가 재개되었다. 발 빠르게 새로운 체계에 적응한 강사들은 오히려 팬데믹 이전보다 더 성장했다.

임산부 대상 교육도 줌 강의로 시작했다. 빠르게 적응한 강사들이 줌 강의를 시작했다. 모유 수유 클리닉을 시작할 당시 강의 제의를 자주 받았었다. 나는 그런 강의 제의를 거절했다. 산후조리원 안에서만 산모들에게 강의했다. 블로그를 보고 관리를 요청하는 산모들만 관리해도 충분하다며 안일하게 생각했다. 그때 제의를 받아들였어야 했다. 시도해보고 도전해야 했었다.

누군가 내게 뭔가를 제의하면, 그건 이제 할 시기가 됐다는 신호란다. 내가 아닌 남이 보는 내 모습이 정확하다. 할 만하다고 생각하니 제의를 했을 텐데, 내가 거절한 것이다. 그때 강의를 시작하고 꾸준히 노력했더라면, 지금쯤은 10년의 경력이 쌓였을 것이다. 코로나로 대면 강의가 중지됐어도 줌 강의에 금방 적응했을 것이다. 과거의 내가 실수했구나 하고 후회했다. 엎질러진 물은 담을 수 없다. 과거는 아무리 후회해도 돌아오지 않는다. 운은 앞머리만 있고 뒷머리는 없다고 한다. 이제 후회는 더 하고 싶지 않다. 내게 주어지는 기회를 잡을 수 있도록 노력하려고 한다.

입버릇처럼 하는 말이 한 가지 더 있다. '시작이 제일 힘들다.'는 말이다. 속담 중에 '시작이 반이다.' 라는 말이 있다. 예전에는 코웃음을 쳤다. '시작은 시작이지, 시작을 누가 못해. 끝까지 하는 게 더 힘들지.' 지금은 생각이 바뀌었다. 살아보니 시작이 정말 힘들다.

산후관리사 파견업을 시작하면서 내가 만나지 않았던 부류의 사람들을 만나고 있다. 일하는 일반여성들이다. 예전에는 간호조무사, 간호사들을 주로 만났었다. 결혼 후 어느 정도 아이를 키운 후에 다시 일을 시작하려는 여성들도 본다. 일하려는 이유를 물어보면, 아이를 좋아해서라고 한다. 많은 관심을 보이면서 이것저것 물어보고 교육까지 이수한다. 그런데 참 이상하다. 수료증을 받고 나서는 일을 시작하지 않는다. 이유가 참으로 다양하다. 아이 때문에, 시간 때문에, 남편이 반대해서. 그중에 내 관심을 끄는 이유는 '겁이 나기 때문에' 라는 것이다.

새로운 일을 시작할 때는 누구나 긴장한다. 아기들이 처음 수영장에 들어갈 때는 무서워한다. 엄마 품에 꼭 안겨 떨어지지 않으려 한다. 발부터 조금씩 들어가다 보면 엄마 품에서 물장구를 치기도 하고, 발로 물을 차기도 하면서 놀기 시작한다. 어느샌가 아이는 혼자서도 잘 노는 아이로 변해있다. 처음 하는 일이 두려운 것은 어른도 같다. 나도 마찬가지다. 안 해 봤으니 알 수 없고, 모르니까 두렵다. 하지만 한 발만 들여놓으면 두 번째 발은 처음보다 쉽다. 세 번째는 더 쉬워진다. 산후관리사 교육 수료 후 일하는 비율이 10%도 안된다는 사실을 알고 깜짝 놀랐다. 강의하지 않겠다고 거절했던 과거가 있으니 나도 할 말이 없다. 내가 만든 두려움의 장벽을 현명하게 넘어야 한다.

내 입버릇처럼 시작이 제일 어렵다. 시작이 없으면 끝도 없다. 일단, 한 발을 내디디면 두 번째 발은 좀 더 쉽게 디딜 수 있다. 그게 세상의 이치더라. 세상은 끊임없이 변한다. 변하는 세상을 살아가려면 자꾸 배워야 한다. 한꺼번에 배우려면 힘이 든다. 이 나이가 돼도 처음 배우는 건 어렵다. 버벅대고, 틀리고, 창피하다. 누구나 그러려니 하는 심리로 나를 세뇌해야겠다. 정말 그러니까. 일단 시작이라도 해봐야겠다.

8. 간절한 꿈 리스트를 이루다 _장윤미

2018년도부터 3P바인더라는 시간 관리 다이어리를 쓰기 시작했다. 여기엔 꿈 리스트, 버킷 리스트, 평생 계획, 연간 계획, 주간 계획 등을 작성한다. 그중 다른 건 잘 채워 넣지 않았는데, 꿈 리스트는 바로 작성했었다. 1장의 빈 용지에 '하고 싶은 것, 가 보고 싶은 곳, 배우고 싶은 것, 갖고 싶은 것, 되고 싶은 모습, 나누어 주고 싶은 것'을 채운다. 막연히 생각만 해보았지, 왠지 그 칸을 가득 채워야 할 것 같다는 생각에 막막했다. 하지만 쓰다 보니 칸이 모자라는 게 아닌가? 내가 이렇게 하고 싶고, 가고 싶고, 배우고 싶고, 갖고 싶은 게 많은 사람이었는지 새삼 깨닫게 되었다. 그중 당시 가장 간절했던 '내 집 마련'부터 채워 넣었다.

2014년, 35살의 늦은 나이에 결혼을 했다. 양가 부모님의 도움 없이 신혼집을 마련하느라 금전적인 여유가 없었다. 남편 직장은 신도림, 나는 광화문이었다. 둘 다 출근하기 편하고, 가격도 저렴한 곳이 서울 강서구 화곡동, 지하철 2호선과 5호선을 이용할 수 있는 까치산역 근처였다. 10평도 채 안되는 작은 빌라를 전세로 얻어 신혼을 시작했다.

달콤한 신혼의 꿈에 젖어있을 무렵, 갑자기 집이 공매가 시작될 거라는 예고장이 날라 왔다. 공매라니, 생전 들어보지도 못한 것이었다. 사업을 하던 동갑내기 집주인의 세금 체납 때문이었다. 그 금액은 자그마치 우리 전세금의 절반 이상의 금액이었다. 부동산의 '부' 자도 모르던 우리 부부에게는 청천벽력과 같은 일이었다. 법무사도 찾아가 보고 공매를 진행하는 한국자산관리공사, '캠코' 라는 기관에도 문의를 했다. 다행히 우리의 전세금은 안전하게 받을 수 있다고 했다. 얼마나 다행이던지...

등산을 좋아하는 우리 부부, 주말마다 산에 올라가면 내려다보이는 수많은 아파트를 보면서, 내 집 한 채 마련하자고 웃으며 이야기했었는데, 내 집 마련은커녕 내가 이사를 가고 싶어도 전세금을 언제 받을 지도 모르는 상황이라니... 이때 처음으로 내 집이 없다는 설움이 북받쳤다. 내 집을 꼭 마련해야겠다고 결심했다.

예고장이 송달되었을 당시, 마침 공인중개사 공부를 막 시작한 무렵이었다. 이를 계기로 나 같은 피해자가 발생하지 않도록 더 열심히 공부해야겠다고 다짐했다. 하지만 우리 전세금을 온전히 받을 수 있는 상황이라고 하니 안심과 함께 더 이상 문제를 해결하려고 노력하지 않았다. 해결되어도 집값이 너무 올라 딱히 이사

갈 곳도 없었기에, 그냥 그렇게 시간이 가는 채로 방치했다.

그 후로 자격증을 취득했을 때도, 부동산 일을 하고 있을 때도 노력하지 않았다. 집 생각만 하면 스트레스 받는다고 회피했고, 걱정해 주시는 가족들의 질문에도 예민하게 반응했다. 내가 거주하는 집이 언제 어떻게 될지 모르다보니, 마음이 항상 불안했다. 이대로는 안되겠다 싶어 본격적으로 아파트 청약 공부를 시작했다.

당시 우리가 가지고 있는 청약 통장으로는, 공공분양은 힘들 것이라고 판단해서 민간분양을 받을 수 있는 통장으로 변경했다. 내 직업이 지역에 대한 자유로움이 있다 보니 서울, 경기도 권에서 신랑이 출퇴근할 수 있는 거리면 무조건 청약을 신청했다. 아니 출퇴근할 수 없어도 전세로 임대하면 된다고 생각하고 청약했다. 아파트, 오피스텔 할 것 없이 수십 번 청약했지만, 청약하는 족족 떨어졌다. 신혼부부와 중소기업 특별 분양, 일반 분양의 기회가 있었지만, 아이가 없고 청약가점도 낮았기 때문이다. 당시 청약 광풍으로 경쟁률이 높은 것도 이유였다.

떨어질 때마다 좌절했지만, 그래도 계속 시도했다. 계속되는 청약 신청으로 어떻게 해야 당첨률을 높일 수 있을지 감이 왔고,

청약 강의도 수강해서 도움을 받았다.

확실히 떨어지기만 하다가 조금씩 예비번호로 당첨되기도 했다. 혹시나 하는 마음에 현장에 나가 번호 순으로 줄을 서서 기다려도 봤지만, 끝내 100번 대의 우리 부부에게 그 차례가 돌아오진 않았다. 매번 떨어지고 당첨 가능성이 적은 예비번호라, 당첨 운이 정말 없나 보다 하고 어느 순간부터는 마음을 비우게 되었다.

여느 때와 다를 바 없이 계속 청약을 해오던 2018년 12월 28일 밤 12시, 내가 그렇게도 간절히 바라던 '당첨'이 되었다. 믿기지가 않았다. 정말로 당첨이 맞는지 옆에 있던 남편에게 다시 한 번 확인해 달라고 했다. 당첨이 맞다고 한다. '와~드디어 내 집이 생긴다니!!' 그동안의 집 없는 설움과 당첨 받으려고 해왔던 노력들이 주마등처럼 스쳐 지나가며 눈물이 흘렀다. 흥분에 온몸이 부르르 떨렸고, 잠도 잘 오지 않았다. 아이가 없는 신혼부부가, 그것도 서울에, 신혼부부 특별공급으로 아파트 청약에 당첨된다는 건 당시에 하늘이 돕지 않고는 절대 이룰 수 없는 것이었다. 예수님, 부처님, 성모마리아 모든 신에게 감사의 기도를 했다. 이때부터 감사하는 버릇이 생겼다.

당첨된 기쁨도 잠시, 우리 부부에게는 엄청난 금액의 계약금을 마련해야 한다는 걱정이 생겼다. 하지만 지금은 영혼까지 끌어 모은 '영끌'을 한 덕분에, 그때 당첨된 아파트에 입주해서 살고 있다. 물론 은행의 도움이 없었다면 절대 불가능한 일이다. 매달 대출 원금과 이자를 상환해야 하는 부담이 크지만, 내 소유의 집이 있다는 것 자체가 이렇게 마음에 큰 위안이 될 줄은 몰랐다.

이사 온 지 몇 개월이 지났지만, 10평의 빌라에서 살다 온 나에겐 이 집이 아직도 궁궐처럼 느껴진다. 매일 퇴근하면 빌라 1층 앞에서 주차 전쟁을 해야 하고, 비바람을 견뎌야 했던 지상 주차에서 자리 걱정 없는 지하 주차장으로 바뀌었다. 분리가 힘든 분리수거 배출도 품목별로 나눠서 배출할 수 있게 되었고, 주차장 입구에 경비실과 관리실이 있는 것, 슬리퍼를 신고 내가 좋아하는 커피전문점과 대형마트에 갈 수 있는 모든 것이 감사한 일이다. 물론 이 감사도 익숙해지면 무뎌지겠지만 말이다. 아직도 신혼집의 전세금은 완전히 해결되지 않았고, 금전적으로 허덕이는 팍팍한 삶을 살고 있다. 하지만 전세를 살며 이사를 해야 하는 설움 없이 내 집에서 편하게 살 수 있다는 게 너무 행복하고 감사하다. 이제부터는 내 상황에 무리가 없는 한도 내에서 주변 분들께 작게나마 나눔을 실천하며 살고 싶다.

내 집 마련이 이루어지고 그 집에 입주한 후, 이제 나의 꿈 리스트에는 '한강 뷰 아파트 소유하기'로 바뀌었다. 적어 두었던 다른 것들도 몇 개 이루어졌다. 그리고 이 글을 쓰는 지금, '작가되기'로 또 하나의 '이룸'을 앞두고 있다. 내가 적은 것이 하나씩 이루어진다는 게 신기하다. 아직 내가 쓴 것의 10분의 1도 채 이루어지지 않았다. 여전히 하고 싶고, 갖고 싶은 것이 많다. 모두 하나씩 차근차근 이루어 나갈 것이다.

꿈 리스트와 버킷 리스트를 쓰지 않았다면 이루어졌을까? 하고 싶은 것, 이루고 싶은 모습, 갖고 싶은 것들을 생각하다 보면 그 간절한 꿈을 이루기 위해 노력하는 나의 모습을 발견할 수 있을 것이다. 어떻게 매일이 설레지 않을 수 있겠는가?

9. 사라한다 내 딸 _최서연

"아따. 요놈의 전화기 땜에 환장하것다. 확 갖다 던져 불고 싶
다잉."

5월 9일은 아빠기일이다. 5월 8일은 어버이날이니까 하루 쉴
겸 일찍 고향에 내려갔다. 거실에 모로 누워 곧 매진이라는 화장
품 홈쇼핑 광고를 보고 있는데, 엄마는 휴대폰과 씨름 중이었다.
엄마는 호기심이 많아서 모르면 모르는 채로 내버려 두지 않는다.
꾹 누르면 받을 수 있었던 통화도 옆으로 쓰윽 밀어야 하고, 감각
이 둔해지면서 부드럽게 터치가 되지 않으니 짜증이 날 만했다.
그렇다고 내가 벌떡 일어나서 엄마에게 스마트폰 사용법을 가르
쳐 줬냐면 그것도 아니다. 중력의 힘을 최대한 이용해서 거실 바
닥에 몸을 밀착시켰다. 작은 소리로 말하면 와서 봐달라고 할까
봐, 또박또박 큰소리로 안방에 있는 엄마에게 외쳤다.

"모르면 휴대폰 매장 가서 물어봐." 딸의 도리를 매장 직원에게
위임해버렸다. 싹싹하지 못하면 노력이라도 해야 하는데, 또 입방
정을 떨어버렸다. 양심이 나를 째려봤다. 어차피 엄마에게 알려줘
도 돌아서면 잊어버릴 거라면서, 양심한테 사탕 하나 쥐여 주고

눈감아달라고 했다.

어디서 배우셨을까? 엄마는 몇 달 전부터 아침 설교 말씀을 녹음해서 채팅으로 보내주고 있다. 매일 새벽 딸들을 위해 기도하는 엄마는 지극정성이다. "아가. 엄마가 보내주는 말씀을 잘 듣고 있냐잉? 아침마다 들어라잉. 엄마가 항상 기도한다.", "응? 응……. 어, 고마워!" 엄마와 내외하는 것도 아닌데, 말이 저렇게 밖에 안 나온다. 엄마는 간절히 묻고 딸은 대충 대답한다.

남들 다 걸리는 감기도 끄떡없다고 자신했다가 덜컥 몸살이 나버렸다. 취소할 수 없는 일정을 하나씩 처리하느라 쉴 수가 없었다. 식은땀을 한 바가지나 흘리고 한 시간 반 만에 상담을 끝냈다. 시계를 보니 오전 11시 57분이다. 습관적으로 메시지를 확인했다.

"사라한다 내 딸♡♡♡"

11시 54분 엄마에게 문자가 왔다. 맞춤법은 틀렸고 하트 표시는 세 개나 보냈다. 받침 없는 문장을 보면서 엄마가 귀여웠고 하트에 심장이 아렸다. 아프다고 말하면 하루에 두세 번씩 전화해서 "병원 가라, 비타민 챙겨 먹어라."라는 잔소리 들을 생각에 몸살 났다는 이야기도 안 했다. 남들이 이렇게 문자를 보냈으면 '이게 뭐야'라고 생각했을 거다. 침침한 눈으로 갖다 버리고 싶은 휴대폰을 쥐고 한 글자씩 눌렀을 엄마의 굽은 뒷모습이 그려졌다. 차가웠던 손발이 엄마의 연락으로 온기가 돌았다.

'사랑한다'라고 보냈다면 미어지는 마음이 덜 했을지도 모르겠다. 사랑의 사전적 정의는 '어떤 사람이나 존재를 몹시 아끼고 귀중히 여기는 마음'이다. 엄마 배 속에 있을 때도, 아장아장 걸어 다녔을 때도, 문제집 산다고 거짓말할 때도, 술 먹고 늦게 들어와 머리카락을 쥐어뜯을 때도 엄마는 나를 사랑했다. 단지 사랑한다는 말을 하지 못했을 뿐이다. 그때는 그녀도 나처럼 어렸고, 생각이 짧았을 어린 어른이었다. 세상은 험하고 딸 다섯 명의 생존이 자신에게 달려있으니 얼마나 무서웠을까? 훈육은 이성적인 말보다 빗자루로, 애정 표시는 따뜻한 말보다 세끼 밥 먹이고 학교를 보낼 수 있다는 것으로 대체됐다.

이제야 엄마는 말의 힘을 빌려 딸들에게 외친다. "내 소중한 딸들아. 사랑한다. 사랑한다." 언니들과 나는 젊었을 때의 엄마처럼 마음이 딱딱해져 버렸고, 엄마는 어렸을 때의 우리처럼 말랑한 감성 소녀로 변했다. 우리의 교차점을 찾아보기로 했다. 낯간지럽지만 엄마처럼 전화기를 두 손으로 꼭 쥐고 한 글자씩 눌러 보낸다.

"네. 저도 사랑해요."

엄마의 사랑을 가늠할 수 있을 거라 생각했다. 나만의 잣대로 엄마를 평가했다. 어리석었다. 단지 내가 나이를 먹어가니까 엄마의 마음을 조금이라도 느끼는 거다. 몇 년 전 함께 갔던 일본 여행 이야기를 꺼내면 "몰라? 내가 그걸 먹었냐?"라고 말하며 정색한다. 딸들과 함께한 엄마의 기억이 없어지고 있다. 공백을 새로운 추억으로 채우기 위해 삼 년 전부터 매해 가족여행을 다니고 있다.

아픈 허리 때문에 열 걸음도 못 가서 주저앉는 엄마를 기어이 기차에 앉히며 이런 생각이 들었다. '엄마를 위한 것일까? 나의 속죄의식일까?' 여행지를 가서도 엄마는 말한다. "젊었을 때 많이 봐라. 맛있을 때 많이 먹어라." 먹어도 무슨 맛인지 모르고 그냥 먹는다는 엄마의 말은 나도 늙어야 온전히 이해할 것이다. 따뜻한 딸은 못 되더라도 엄마의 사랑 표현에 감사하는 예의 바른 딸은 되어야겠다.

10. 내 인생의 세 여자 _최연우

첫 번째는 친할머니다.

할아버지는 6.25 전쟁 중에 돌아가셨다고 했다. 할머니는 혼자서 2남 2녀를 키우셨는데, 돌아가신 아빠는 그중 장남이었다. 장남의 첫 딸인 나를 할머니는 동생과 차별한다 싶을 만큼 예뻐해 주셨다.

어린 시절 기억에는 천주교 신자였던 할머니와 대전 대흥동 성당에서 일요일 미사를 드리고 자장면이나 팥죽을 먹었던 장면이 있다. 그때 시장에서 할머니들이 파는 팥죽은 정말 맛있었다. 지금도 어렸을 때의 맛을 기억해 종종 시장에서 팥죽을 사서 먹는다.

내가 초등학교 때 미국에 사는 큰고모가 가족들을 모두 초청해 이민하게 되었다. 삼촌과 고모는 이민 가셨고 우리 가족만 한국에 남았다. 할머니는 내가 20대 초반이 될 때까지도 한국과 미국을 오가시면서 몇 달씩 머물곤 하셨다. 오실 때마다 미국 냄새가 나는 선물과 용돈을 주셨다. 할머니가 오신다고 하면 너무 기뻤고, 계시는 동안은 행복했다. 점차 연세가 드시면서 혼자서 나오기가 힘들게 되자, 내가 스물아홉 살이 되던 해에는 미국을 방문해 할머니를 뵈었다. 할머니 기준에 노처녀로 나이 먹는 손녀를 결혼시키고 싶어 하셔서, 미국에 가서 선을 보기도 했는데 인연은 아니었다. 그때 미국에서의 시간이 할머니와의 마지막 추억이었다. 할머니는 내게 엄마와 같은 존재였다. 젊은 새엄마를 좋아하지 않았던 내게 할머니는 유일한 나의 편이었고 든든한 백이었다. 내가 사랑받고 있다는 걸 느끼게 해주신 할머니 덕분에 유년 시절은 행복한 순간이 더 많았다.

두 번째는 새엄마다.

새엄마는 나와 12살밖에 차이 나지 않는 띠동갑이다. 아빠는 내가 아주 어릴 때 이혼했다. 초등학교 저학년 때 집에 자주 오던 아빠 직장의 '미스 오' 언니가 어느 날 새엄마가 되었다. 할머니와 아빠, 그리고 여동생과 같이 살던 집에 젊은 새엄마가 들어왔지만, 초등학교 때까지는 그게 그렇게 싫은 줄 몰랐다. 하지만 중학생이 되어 사춘기에 접어들자 나의 엄마가 젊은 새엄마라는 게 싫었다. 고등학교 때는 생활관이라는 곳에서 1박을 하면서 예절 교육을 배우는 과정이 있어 엄마들을 초대했는데, 나는 부르지 않았다. 엄마를 모셔야 하거나 엄마 이야기가 나오는 자리는 항상 불편했다. 새엄마는 다섯 명의 아이를 낳았고, 나와 동생은 이복

동생들을 돌봐야 했다. 하지만 새로 태어나는 동생들은 예뻤다. 스무 살 때 동생을 업고 있으면 우유 배달 아줌마가 나를 젊은 새 댁으로 착각하곤 했다. 시험을 앞두고 있어도 동생을 업고 시험공 부를 해야 할 때는 짜증도 났고, 동생들이 말을 안 들을 때는 때리 기도 했다. 술을 좋아한 아빠는 월급을 제대로 가져다주지 않았던 적이 많았다. 그래서 다투는 소리도 자주 들어야 했다. 새엄마는 생활력이 강한 분이셔서 부동산업을 하면서 집안 경제를 꾸려나 갔다. 성인이 되었을 때는 이런 환경의 나를 좋아해 줄 사람이 있 을까 하는 생각에 결혼을 주저하기도 했다. 나이를 먹고 보니 아 무것도 아닌데 그때는 왜 그렇게 큰 문제로 느껴졌는지...

당시에는 잘 몰랐지만, 결혼하고 살다 보니 여자로서의 새엄마 의 삶이 어느 정도 이해가 되었다. '나라면 어땠을까?' 하는 생각 도 해보았다. 지금은 힘들었던 시절을 잘 견디고 살아온 것에 감 사드린다. 만약 또 한 번 가정이 무너졌더라면, 내가 지금과는 전 혀 다른 사람으로 살고 있을지도 모를 일이다.

세 번째는 둘째 형님이다.

서른한 살에 친구 언니의 소개로 남편을 만났다. 친구 언니와 같은 학부모였던 셋째 형님과 연결이 되었다.

남편이 나의 이상형은 아니었다. 나는 샤프하고 손가락이 긴 남자를 꿈꿔왔는데, 남편은 전혀 다른 모습을 하고 있었다. 하지만 감성적인 부분이 맞는 것 같았고, 나를 무서운 세상으로부터 지켜줄 것만 같았다.

그 당시 남편은 변변한 직장도 없었고 그렇다고 재산이 있는 것도 아니었다. 더구나 홀시아버지와 다섯 시누이가 있는 집안의 외아들이었다. 늦은 나이에 결혼하면서 조건도 좋지 않은 남자와 결혼하는 걸 부모님은 반대했다. 아빠는 내가 결혼한 후 한 번도 우리집을 방문하지 않고 돌아가셨다. 둘째 형님은 힘든 결혼 생활을 하던 나에게 도움을 많이 주셨고, 언제나 따뜻한 격려와 위로를 해주셨다. 우리 아이 셋을 다 예뻐해 주셨고, 생일이나 특별한 날에는 선물이나 용돈을 주며 챙겨 주셨다. 시어머니가 없는 집안에서 시어머니 이상으로 살펴주셨다.

그런 형님이 2년 전 암으로 아까운 나이에 돌아가셨다. 지금도 종종 생각이 날 때면 눈물이 난다. 막내딸을 낳았을 때 형님 댁에서 산후조리를 해주셔서 그런지 유달리 막내를 더 예뻐하고 챙겨 주셨는데, 그 마음을 막내도 아는지 형님이 돌아가셨을 때 많이 울고 슬퍼했다. "사랑 주셔서 감사합니다. 부디 하늘나라에서는 아프지 말고 마음 편하게 쉬세요."

이 세 분은 내 인생의 부분 부분에서 엄마로 존재한다. 세 분의 삶에는 너무도 많은 이야기가 담겨 있다. 말로는 하지 못했던 감사의 마음을 전하고 싶었다.

한국에서 여자로 사는 삶은 순탄치 않다. 하지만 내 딸들의 시대에는 엄마의 삶과 같아서는 안된다. 자신이 원하는 삶을 당당하게 사는, 자신이 하고 싶은 일과 이야기를 마음껏 할 수 있는 그런 환경이 되길 바란다. 〈82년생 김지영〉 같은 삶은 없기를 바란다. 물론 지금 우리 아이들만 봐도 분명 우리가 살았던 시절과는 다른 환경 속에서 충분히 자기 목소리를 내고 있다. 내 딸들은 여자로 태어나 행복한 삶이길 바란다.

제5장
에세이스트로 살기로 했다

1. 나에게 에세이란 _나은주

나에게 에세이(essay)는 속을 터놓을 수 있는 친한 친구다.

구글 검색에 의하면, '에세이'라는 것은 그냥 일상적일 글(수필)로 그때그때 떠오르는 느낌이나 생각을 적은 글을 말한다. 딱딱하고 어려울 것 같은 일정한 형식을 따르지 않고 인생이나 자연, 일상생활에서의 느낌, 체험을 생각나는 대로 쓴 글이라고 한다. 그러면 나에게 에세이라는 것은 무엇일까? 나를 온전히 드러낼 수 있는 친한 친구다. 언제든지 편하게 만나서 일상의 이야기를 수다 떨 수 있는, 지금의 내가 글을 쓰는 것처럼 그때그때 떠오르는 나의 생각, 나의 느낌, 나를 표현하는 것, 나의 고여 있는 문드러진 감정의 덩어리를 털어놓을 수 있는 친구, 이것이 내가 가지고 있는 에세이의 의미다.

에세이는 누구나 쓸 수 있는 글이어서 부담스럽지 않다. 그 점이 난 참 맘에 든다. 진입 장벽이 낮다고 할까. 글 쓰는 것에 대해 배워 본 적도 없는 내가 이렇게 지금 이 순간, 글을 쓰는 것처럼 말이다. 글을 쓰는 것에 대한 막연한 동경과 나를 브랜딩할 수 있을 거라는 기대감이 있다. 아마 그 첫 시작은 나의 잠재된 내면의 욕심에서 시작되지 않았을까? 나에 대해 생각해본다. 원래 나는 자기계발 관련 책들을 좋아한다. 에세이나 시는 현실적이지 않아 좋아하지 않는다. 그런 것들은 하루하루 바쁘게 살아가는 나에게는 사치일 뿐이다. 하지만 이런 평범한 나도 글을 쓸 수 있다는 그것 자체가 어느 자기계발서보다 나 자신을 이해하고 돌아보게 하는 힐링의 한 방법이자, 자기계발이라는 것을 알게 되었다. 자존감이 낮은 사람들은 특히나 더 에세이 글쓰기를 추천한다. 그 이유는, 에세이라는 장르의 글을 쓰다 보면 아마도 자연스럽게 알게 될 것이다.

틀에 박힌 것을 싫어하고 창의적인 아이디어가 많은, 조금은 엉뚱한 나에게 에세이는 어디로 튀어도 괜찮은 유연하게 나를 받아줄 수 있는 나의 편안한 친구다. 글을 쓰는 그 순간 집중하면서 무언가를 한다는 것이 생각 정리도 되고 맘도 편안해진다.

엉뚱해도 괜찮은 글이 에세이다. 나의 움츠렸던 감정에 기지개를 켜본다. 너 참 괜찮은 친구네. 좋은 글이 뭐 별것인가. 나의 감정을 느끼며 공감해주고, 나도 편안해지게 해주면 그게 좋은 글이지.

문득 친정엄마가 생각난다. 엄마에게도 에세이를 쓰는 경험을 할 수 있게 해드리고 싶다. 엄마 삶의 억눌린 감정을 쏟아내시면 참 좋을 텐테... 무엇을 위해 이리도 애쓰고 사셨는지, 앞으로 남은 여생은 자식들이 아니라 본인만을 위해 사시면 참 좋을 텐데... 친정엄마도 에세이를 써보시면 어떨까... 가슴 찡한 인생을 적으시리라. 마음속에 있는 엄마의 그 순수한 마음을 글로 표현하시면 참 좋겠다. 이번 생은 자식들한테 너무 최선을 다하셨노라고, 더 이상 애쓰지 않으셔도 된다고... 말씀드리고 싶다. 옛날 분들이 그렇듯이, 원하던 원치 않던 자신의 존재는 없다. 오로지 가족만을 위한 삶을 사는 게 엄마라는 위치다. 참 안쓰럽고 생각만 해도 마음이 짠하다. 초등학교밖에 못 나오신 70이 넘은 엄마를 생각하니 콧잔등이 시큰해진다. 엄마와 나는 끈끈한 실타래로 엮어져 있다. 단번에 끊어내기 어려운 복잡 미묘한 감정이 느껴진다. 엉켜 있는 실도 척척 풀어주는 엄마는 언제나 나에게 든든한 지원군이다. 아낌없이 주는 것에 너무 익숙한 엄마. 이제는 내가 도움을 드릴 수 있는 나이가 되어버렸다. 마음을 다해 효를 할 것이다. 나의 아들들은 부모를 어떻게 생각할까? 정말 궁금하다. 아직까지도 받는 것이 너무나 당연한 나의 아들들. 걱정과 웃음이 나온다. 친정엄마와 아들들에 대한 나의 감정도 내가 어떤 감정이 있었는지 이렇게 글을 쓰면서 다시 한 번 알아가게 된다.

코로나로 인한 비대면 시대에 정말 많은 변화가 나에게 있었다. 대부분의 수업을 온라인으로 하면서 전국구에 있는 사람들과 친구가 되었다. 고등학교 동창들보다 온라인 친구들과 매일 안부를 주고받는다. 스마트스토어로 내 가게가 없어도 물건을 판매하고 있다. 부가적인 부캐를 만들 수 있는 것들이 많아졌다. 더불어 자기계발의 기회가 더 많아졌다. 일상에 허덕이던 내 삶의 방향과 관점도 달라지고 있다. 살아가는 이유도 순간순간 성장하는 사람들 속에서 새로운 자극을 받는다. 현실에 안주하지 않고 트랜드를 따라가려 온라인에서 친구들과 지속적으로 소통하려고 한다.

이러한 나를 글로 표현하고 수다 떨 듯 소통할 수 있는 것.

그래서 나에게 에세이(essay)는 나를 가장 잘 아는 친한 친구다. 대단한 사람의 글이 아니어도 괜찮고, 평범한 이야기이어도 괜찮다. 나를 온전히 나로 봐준다. 글로써 세상과 친해지는 또 하나의 다리를 만들었다. 자존감 낮은 어른이 조심스레 한 발 한 발 낯설게 내디뎌본다. 그러면서 한 걸음, 두 걸음 나는 성장하고 있다. 에세이를 만나면서.

2. 쓰는 삶이 주는 행복 _권미령

자존감이 바닥을 치고 몸 안의 모든 에너지가 빠져나가고 있을 때 나를 일으켜 준 것은 책이었다. 세상 속으로 나아갈 수 있게 내 손을 잡아준 것은 글쓰기였다. 글쓰기를 통해 매일 새로운 나를 발견하고 내면이 단단해짐을 느꼈다. 이제 글쓰기는 세상과 소통하는 나만의 도구가 되었다.

회사를 그만두고 나서 두 아이와 하루 종일 붙어 있는 시간은 달콤했다. 누구도 대신해 줄 수 없는 '시간'의 소중함과 다시는 돌아오지 않을 '순간'의 절박함(희소성)을 더했다. 아이들과 함께 보낼 수 있는 지금이 내 인생에서 최고의 순간이라 믿었다. 아침에 눈을 떴을 때 아이의 미소를 보며 하루를 시작하고, 유치원에 보내고 끝난 후 맞이할 때 두 팔 벌려 꼬옥 안아주는 순간들도 행복했다. 가끔은 이 평범한 일상이 감사해 눈물이 차오를 정도로. 나의 하루가 아이들과 남편, 가족들과 함께하는 시간으로 채워졌다. 항상 가족들과 함께였지만 외로웠다. '아이 둘 키우기도 바쁜데, 왜 외로움을 느끼지? 이상하네.' 나의 마음을 애써 외면하며 매일을 살았다. 그런 날들이 계속되다가 어느 날 마음이 주저앉았다. 외로움이 켜켜이 쌓이다가 감당할 수 없게 되자 와르르 쏟아져버린 것이다. '나'를 돌보지 않고 마음의 소리를 외면하며 살다가 무너졌다.

육아와 살림은 늘 해야 하는 것이고, 나를 위해 뭐라도 해야만 했다. 마음을 채워야만 했다. 우선 좋아하는 책을 집어 들었다. 자기계발서, 경제도서, 마케팅, 브랜딩, 시집, 소설. 집에 있는 책들을 손에 잡히는 대로 읽었다. 온라인 서점에서 거의 매일 책 쇼핑을 했다. 책을 좋아하지만 아이를 낳고 나서 읽을 시간이 없기도 했다. 아, 솔직히 말하면 마음의 여유가 없었던 것. 책을 읽더라도 육아서만 읽었다. 온라인 독서모임에 가입을 했다. 누군지도 모르는 사람들과 SNS에서 인사를 하고 대화를 한다는 것이 낯설었지만 한마디, 두마디 이어 가며 다가갔다. 성인이 되어 처음으로 독서모임에 참여했는데, 책을 읽고 나서 생각을 자유롭게 나누고 소통하는 매력에 빠져들었다. 아이들의 요구와 대화를 들어주는 작은 세계에서 벗어나 집 밖으로 나가지 않아도 '어른 사람'을 만날 수 있는 공간이 생겼다. 마음에 나를 위한 방을 만든 것이다. 내가 만든 방, 나를 위해 만든 이 방에서 책을 읽고 쉬며 내 생각, 꿈을 이야기하고 그려나갔다.

책을 읽고 나니, 내 안에 가득 차오르는 것들을 쓰고 싶어졌다. 일기장이나 다이어리에 감정과 일상을 적고, 짧게 기록하는 것은 오래 전부터 해오고 있었다. 내가 쓴 글을 남들에게 보여주는 것은 부끄러워 늘 나만의 공간에 적고 숨겨두었다. 부족한 표현력과 두서없는 글을 보면 비웃을 것 같아 꺼내놓지 못했다. 고민을 하다가 책을 읽고 정리한 내용과 간단한 소감을 적는 서평부터 쓰기 시작했다. 블로그와 인스타그램에 글을 올렸다. 글을 쓰고 공개된 장소에 올린 것은 내가 세상으로 나가겠다고 손을 내민 것이다. 글을 본 후 댓글을 달아주고, 공감의 하트를 누른다. '당신의 글을 제가 보고 갑니다.' '당신의 글에 공감합니다.' 신호를 보낸다. 글로 사람들과 연결되고 있었다. 그렇게 나의 글을 통해 살아있음을 느꼈다.

잘 쓰고 싶어서 고민도 오래하고, 고민만 깊어지다가 쓰지 못하던 성격이다. 지금도 쉽게 고쳐지지 않지만, 노트북 앞에 앉아서 글 쓰는 시간을 갖는다. 어릴 때부터 글을 쓰며 살아왔지만, 비밀일기장 속에 숨겨두기만 했다. 나 혼자만의 것이었다. 화, 분노, 자괴감, 자기혐오가 찾아올 때면 일기장을 펴 놓고 감정을 쏟아냈고, 아무도 없는 대나무 숲에 '임금님 귀는 당나귀 귀!'를 외친 것처럼 해방감이 찾아왔다. 비워내야만 다시 채울 수 있는 법. 마음 속 가득 쌓여있는 감정의 찌꺼기들을 휴대폰 메모장에라도 적으며 감정을 정리하고 나면 시원하다. 나만의 마음치료법이다. 나의 글을 공개하지 않더라도 휴대폰 메모장, 노트북에 매일 글을 썼다. 길을 걸으며 떠오르는 생각들을 짧게라도, 한 문장이라도 메모하고 적었다. 매일 글을 쓰며 내 안에 깊숙하게 밀어넣어 두었던 감정과 마주하게 되었고, 더 이상 숨기거나 포장하지 않고 마주한 마음 그대로 표현하는 힘도 얻었다.

매일 보는 아이를 보면 늘 작고 귀여운 모습 그대로 인 것 같은데, 남들이 보면 "와, 정말 많이 컸네요."라고 말해주듯, 글도 매일 같은 표현과 단어들인 것 같지만 오래 전에 썼던 글을 열어 보면 '와, 내 글 정말 많이 컸다.'는 생각이 든다. 내 안의 텅 빈 마음을 채워주기 위해 책을 읽기 시작했고, 사람들과 연결이 되었고, 어느 새 나는 책을 쓰는 사람이 되어 있다.

글을 쓰며 나와 마주하게 되는 시간은 새로운 나를 발견하는 시간이기도 했고, 숨겨두고 싶은 안 좋은 기억 속의 나와 만나는 시간이기도 했다. 고통스럽기도 했지만, 글로 풀어내고 나면 속

시원한 쾌감이 밀려왔다. 내 글에 공감을 해 주는 이들과의 소통을 통해 즐거움을 느꼈다. 나의 마음과 글을 밖으로 꺼내 놓으니 더 이상 부끄러운 감정은 없고, 솔직한 표현을 할 줄 아는 사람이 되었다. 내가 나로서 살 수 있는 삶, 그것이 글 쓰는 삶이란 것을 알게 되었고, 글 쓰는 삶의 행복을 알게 되었다. 이 행복의 향기가 내 삶 깊숙이 스며들어 오래오래 가기를 바란다.

3. 오늘도 한 편의 글을 씁니다 _김단비

하루 1,000자. 이 목표를 위해 매일 아침 글을 쓰려고 감기는 눈을 비비며 일어나 노트북을 켠다. 일단 적어본다. 어젯밤 생각한 '고마운 사람'이라는 주제를 생각하면서 고마운 사람들을 한 명씩 적어간다. 그리고 고마운 이야기들을 하나씩 적어가면서 '주변에 고마운 사람들이 많구나.'라는 걸 느낀다. 이렇게 매일 글을 쓰다 보니 글을 쓰는 일에 자부심을 느낀다. 이 생각은 어느 순간 나의 머릿속을 헤집어 놓는다.

매일 글을 쓰고 읽는 삶을 선택하여 글을 보며 사는 나에게 '나 글 쓰는 여자야. 나 책 읽는 여자야.'하며 책을 읽지 않는 사람들에게 무조건 책을 읽으라고 강요하였다. 그러다 우연히 본 TV 프로그램에서 피아노 조율사 일을 60년 넘게 해온 명장님이 하신 말씀이 망치로 머릿속을 내리쳤다. "배움엔 끝이 없어요." 책 읽기는 강요가 아니다. 독자가 마음을 움직여서 책을 펼쳐야만 이 독서가 시작된다. 나는 그 기본조차 잊고 있었다. '그냥 읽으면 돼! 그냥 쓰면 돼!' 이 한마디로 다른 사람들의 생각을 내 마음대로 조정하고 있었다. 피아노 조율 일을 60년 이상을 하면서 조율이라는 것은 타협이라고 말하는 그의 말에 내 생각들이 흔들렸다.

글을 쓰는 자는 겸손을 가지고 있어야 한다. 글을 쓰고 있다고 뻐기는 것이 아니라 조용히 나만의 시간을 가지고 글을 써야 한다. 새싹이 돋아나기 위해서 뿌리가 흙 속에서 단단히 박히듯 세상에 귀를 기울이고, 단어들로 문장을 만들어 다시 배열하고 하는 그 과정에서 피아노 조율사가 음을 하나씩 짚어가듯이 글을 하나씩 만들어 가는 것이다. 그렇기에 창작은 고통이 수반될 수밖에 없다. 예쁜 꽃을 피우기 위해서는 땅속 깊은 곳에서 뿌리가 단단히 박혀있어야 하고, 영양분을 꽃에 갈 수 있도록 해주어야 한다. 그런 수고가 있어야 향기로운 꽃을 피울 수 있다.

'끝이 없다면, 고통이 동반된다면 즐겨야지.' 하는 생각이 갑자기 들었다. 즐기는 마음에 사랑하는 마음을 더하여 글을 쓰고자 노력하였다. 글을 쓰고 지우고를 반복하기도 한다. 글을 다시 읽고 또 읽는다. 글이 이상해지도록 고치고 다시 쓰고를 반복한다. 마음에 드는 글도 생겨나고, 그렇지 않은 글은 더 많이 생겨난다. 좌절하면서 또다시 글을 쓰고, 매일 글과 씨름하는 시간을 많이 보내고 있다. 그러다 보니 기적이 일어났다. 글을 쓰는 두려움이 조금씩 사라져갔다. 누군가 빨간 펜을 들고 내 글을 고치자고 달려들까 봐 무서워했던 글쓰기였다. 글은 하나씩 고쳐 나가는 거라는 생각이 들면서 용기가 조금씩 자라났다. 그 용기에 힘입어 매일 새벽에 일어나 글을 쓰는 나를 발견한다. 매달 1,000자를 쓰자던 그 목표가 지금은 5,000자 쓰기로 변했다. 졸린 눈을 비비고 책상에 앉아서 글을 쓰는 나를 발견하였다.

무엇보다도 '왜 글을 쓰는가?'에 대한 생각이 달라졌다. 누군가 내가 쓴 글을 읽고 공감했으면 한다. 그 마음이 생겨났다. 글은 오직 나만의 글로만 존재했다. 누군가가 읽을 거란 생각은 하지 못했다. 나에게 상처를 준다고만 생각했지, 나와 공감을 나누는 누군가가 있다고는 생각하지 못했다. 그러다 내가 쓴 글을 읽고 공감해보고 싶다는 생각이 들었다. 아니면 내 글이 누군가에게 또 다른 글이 탄생하게 하는 원동력이 되었으면 하는 생각도 들었다. 내 안에 머물던 글이 세상을 향해 나아가고 싶다고 아우성을 지르는 것 같았다.

책만 읽던 지난날을 생각하면 가슴이 답답하다. '왜 글을 쓰지 않았나?' 하는 생각이 든다. 두렵기만 하던 글쓰기를 하루에 한 줄씩, 두 줄씩 쓰다 보니 '어? 나도 글을 쓸 수 있구나!' 라는 생각에 어느 날은 10분, 15분을 컴퓨터 앞에 앉아 있게 되었다. 아니면 책상에 앉아서 펜과 키보드로 나만의 생각들을 써 내려갔다.

글을 쓰면서 나의 복잡한 머릿속의 생각도 정리하고, 의견을 만들어 갔다. 책을 바라보는 자세까지 바뀌게 되었다. 글쓰기는 나를 성장시켜 준 고마운 존재다. 치유하는 글쓰기라는 말이 있듯이, 글을 쓰면서 나도 모르는 마음속의 구멍들을 발견하고 그 구멍을 메워준다. 책 속의 보물들을 필사하며 내 생각을 더 하여보니 새로운 글이 만들어진다. 남편에게 혹은 가족에게 속상한 마음을 한 편의 글로 표현함으로써 화를 삭일 수도 있다. 그렇게 나만의 화해를 이끌어 낸다.

즐거운 독서가 되고 행복한 글쓰기가 되었다. 이제 글을 읽고, 글을 쓰고, 글을 생각하는, 글과 함께하는 삶이 탄생하게 된 것이다. 매일 글을 쓰면서 미완성된 글들이 하나씩 만들어지고 있다. 매일 다른 생각으로 가득 찬 머릿속의 이야기들을 다르게 풀어낼 수 있음을 기대하면서 미완의 글들을 하나씩 완성의 글로 탄생시켜 보려 한다. 글쓰기의 즐거움을 알게 된 후 성장을 도와주는 글쓰기를 통해 꿈을 이루는 글쓰기로 거듭나길 바라본다.

인디언이 기우제를 지내면 비가 꼭 온다. 인디언들은 비가 올 때까지 기우제를 지낸다. 인디언들은 비가 오지 않는 이유를 정성이 부족하기 때문이라고 생각한다. 글을 쓰는 작가에게 글이 써지지 않는다는 것은 정성이 부족해서일 것이다. 그러기에 우리는 인디언이 기우제를 지내듯이 매일 글을 써야 한다. 내가 좋아하는 작가인 무라카미 하루키는 매일 새벽 4시에 일어나 5시간에서 6시간 동안 글을 쓰고 오후에는 10킬로미터의 조깅을, 그리고 1,500미터의 수영으로 체력을 관리하였다고 한다. 그리고 헤밍웨이는 매일 이른 아침에 일어나 아무도 방해하지 않는 시간에 글을 썼다고 한다. 《변신》의 저자 프란츠 카프카도 매일 새벽에 일어나 조용한 시간에 글을 쓰는 습관을 지녔다.

유명한 작가들은 매일 글을 쓰며 자신의 글쓰기 능력을 높였다. 그런 대가들도 매일 글을 쓰며 자신의 모든 것을 글에 담아내는데, 초보인 내가 글을 쓰지도 않고 걱정만 한다는 건 배부른 소리이다. 그러기에 매일 글을 쓴다. 피아노의 음들을 하나씩 짚어 가듯이 나의 글들도 완성하기 위해서 줄을 서고 있다. 그리고 수정과 수정을 통해서 완성으로 향해 가고 있음을 느낀다. 인디언이 기우제를 지내듯이 정성을 다해 글을 쓰다 보면 언젠가는 나에게도 비가 내리지 않을까? 아직 많은 사람이 공감이 되고 위로가 되는 글을 쓰지는 못한다. 매일 한 편의 글을 쓴다. 나에게도 비가 내리는 그날을 위해서 글을 쓴다.

4. 자유롭게 살기로 했습니다 _장윤미

나는 '자기계발 강박증'에 걸린 사람이다. 항상 책을 읽거나 무엇을 배워야 한다고 생각한다. TV를 보거나 빈둥거리며 시간을 보내면 왠지 모를 죄책감에 사로잡힌다. 왜 그럴까?

학창 시절, 제대로 공부한 기억이 없다. 그렇다고 논 것도 아니다. 학교만 열심히 다닌 조용한 학생이었다. 다른 상은 못 받아도 개근상은 꼭 받았다. 책도 소설책, 만화책을 제외하면 읽은 기억이 거의 없다.

대학 졸업 후 사회생활을 시작하며 왕복으로 매일 2시간가량의 시간을 지하철에서 보냈다. 지금은 스마트폰으로 신문 기사를 마음껏 볼 수 있지만, 스마트폰이 없던 당시엔 지하철 무료 신문을 많이 봤다. 크기가 작고 몇 장 되지 않아, 읽고 나면 시간이 많이 남았다. 남는 시간을 무료하게 보내고 싶지 않았다. 그래서 지하철에서 독서를 시작하게 되었다.

당시 '모닝 365'라는 지하철역 내 서점이 대단히 인기였다. 아침에 책을 주문해서 퇴근할 때 찾아가는 시스템의 서점. 당시 다니던 회사가 서초역에 있어서, 2호선 건대입구역으로 환승하러 가는 길에 그 서점을 볼 때마다 설레었다. 당시엔 특별한 취향도, 목적도 없이 베스트셀러 위주로 구매해서 읽었다. 구입했던 책 중 가장 기억에 남는 것은 로버트 기요사키의 《부자 아빠 가난한 아빠》이다. 20대 초반의 나에겐 너무 어려운 책이었고, 내용 자체에 흥미가 없어 바로 책꽂이에 꽂아 두었던 책이다. 자기계발을 다시 시작했던 2017년도에, 당시 구매했던 노랗게 빛바랜 이 책을 다시 펼쳐 읽으며 큰 충격을 받았다. '그때 제대로 읽었으면 얼마나 좋았을까? 그럼 내 삶이 많이 변하지 않았을까?' 하는 후회가 들었다. 하지만 이 책을 읽은 지금이라고 그렇게 큰 변화가 있지는 않다. 그래도 사업 소득과 아주 소액이지만 시스템 소득이란 게 발생은 하고 있어 다행이다.

20대 중반을 지나갈 무렵, 내가 했던 특허 업무에서 영어와 일본어가 필요해졌다. 간단하게 영어와 일본어로 서신을 작성해서 해외에 안내문을 보내야 했다. 강남역에 있는 학원에 등록해서 열심히 공부했다. 영어는 끝내 안 친해졌지만, 일본어는 점심시간에 식사도 거르고 학원에 다닐 정도로 재미있게 공부했다. 우리말과 어순이 같아 더 친숙하고 쉽게 배울 수 있었다. 숙제도 빠짐없이 하고, 일본 드라마에도 빠져 주말에는 집에서 하루 종일 시청하기도 했다. 몰입해서 보다가 펑펑 운 날도 많다.

그러다 회사 일이 조금의 여유도 없이 더욱 바빠졌다. 스트레스를 해소할 대상이 필요했다. 회사에서 매년 등산을 갈 때마다 불만만 가득했던 나인데, 갑자기 등산이 하고 싶어졌다. 나이가 들었다는 증거일까? 푸릇푸릇한 산에 가면 마음이 한없이 평화로워진다. 매주 주말, 산에 가는 시간이 기다려졌다. 어떤 때는 토요일, 일요일 이틀 내내 산에 갈 때도 있었고, 심지어는 휴가를 내어 무박 3일의 산행도 쫓아갔다. 새벽 3시에 오르기 시작해 저녁 늦게 내려왔던 설악산, 허리까지 눈이 쌓여있던 한라산, 끝도 없는 산등성이를 바라보며 하루 종일 걸었던 지리산 등 잊지 못할 추억이 많이 있다. 등산은 지금도 가장 좋아하는 취미이자 운동이다. 이제는 40대가 되어 그때만큼의 체력은 안되지만 여전히 산을 사랑하고, 산에 가면 마음이 편해진다.

바쁜 회사 생활에 책을 읽을 마음의 여유가 없어지다 보니 어느 순간 난독증이 생겼다. 나에게 이런 일이 생기다니... 책을 못 읽으니 TV와 휴대폰 게임에 빠져 지냈다. 중독까지는 아니지만 미래에 대해 아무런 계획 없이 그렇게 시간을 많이 흘려보냈다. 어느 순간, 현타가 왔다. 현실 자각 타임. 남들은 다들 열심히 사는데, 나만 아닌 것 같았다. 책을 다시 읽어야 할 것 같았고, 읽고 싫어졌다.

　2021년 8월, 최서연 작가님의 빅리치 북클럽, 재테크 독서모임을 신청했다. 재테크를 하기 보단 책을 읽고 싶었다. 매주 재테크 관련 책 한 권을 읽고 오프라인에서 만나 서로 좋았던 구절을 나누고 실천할 점을 선언했다. 주식공부도 함께했다. 이런 좋은 모임을 이제야 알게 되다니! 아니 이 모임이 있다는 것은 진작 알았지만, 낯을 많이 가리는 성격이라 모르는 사람과 함께 만난다는 두려움에 매번 용기를 내지 못했다. 하지만 이대로는 안되겠다 싶어 큰 용기를 내게 된 것이다. 그때부터 매 기수마다 신청해서 참여했다. 안타깝게도 코로나19가 심각해지면서 오프라인 모임은 없어졌지만, 그때 함께했던 선배님들과는 아직도 채팅방을 유지하며 끈끈한 만남을 이어오고 있다. 서로를 응원하는 소중한 인연이 되었다. 지금은 내가 운영하는 독서모임 '습독'에 참여하시며 응원하고 격려해 주셔서 너무나 감사하다.

　독서모임을 시작으로 다양한 강의와 프로젝트, 책 읽기를 하며 자연스럽게 '나'란 사람에 대해 생각할 시간을 자주 갖게 되었다. 그동안은 '나는 이런 사람이지.' '나는 이런 걸 싫어 하니 피해야지.' 하며 싫어하는 것만 아니면 크게 스트레스 받지 않는다고 생각했다. '싫어하는 것'을 피하는 상황에만 초점이 맞춰져 있던 것이다. 하지만 사람 사는 데 어떻게 이런 상황이 발생하지 않을 수 있겠는가. 예민한 상태가 자주 발생했다. 상처 받고 스트레스가 극심해지면 감정 조절을 잘하지 못했다. 잘 지내던 지인과 인연을 끊게 되는 일도 발생했다. 좋은 시간이 많았는데 어리석은 행동이었다. 자연히 혼자만의 시간을 즐기게 되었다.

하지만 혼자 조용히 책을 읽으면서 '좋아하는 것'의 부재가 큰 문제라는 것을 알게 되었다. '좋아하는 것'에 집중하면 싫어하는 것은 별로 신경이 쓰이지 않게 마련이다. 이것을 알게 된 후 관점과 생각을 바꾸려고 노력했다. 좋아하는 것에 집중하고, 좋은 생각만 하고, 감사하는 마음으로 세상을 보려고 했다. 자연스럽게 스트레스가 줄어들고, 행복감이 높아졌다. 그래서일까? 요즘은 사람들과의 만남이 너무 즐겁다. 매번 집에만 숨어 있던 내가 밖으로 나가 그들이 어떤 생활을 하고, 어떤 생각을 하는지에 대해 이야기하는 것을 경청하며 즐거운 시간을 보내고 있다. 예전 같았으면 나 하나에 집중하기에도 벅찼던 시간이 타인에 대해 생각하고 함께하는 시간으로 채워진 것이다. 이렇게 좋은 걸 그때는 왜 몰랐을까?

이제 나의 가장 큰 숙제는 가슴 뛰는 나만의 일을 찾는 것이다. 부동산 일을 하며 잃어버린 나의 열정을 다시 찾고 싶다. 100세 시대, 그 나이가 되려면 아직도 57년이나 남았다. 지금 내 직업을 결정하기엔 너무 긴 시간이다. 지금 당장 결정하기보다는 이것저것 도전해보며, 내가 무엇을 더 잘하고 어떤 것을 할 때 행복감을 느끼는지 찾아갈 것이다. 늦더라도 내 속도대로 찾고 앞으로 나아갈 것이다. 남과 비교하지 않고 나 자신을 최고로 여기고 존중하는 마음으로 다양한 시도를 할 것이다. 계속 도전하고 실패해보며, 넘어지면 일어나 다시 시작할 것이다. 그 과정에서 즐거움을 찾으며 삶에 대한 이야기를 하나씩 기록해 보려 한다. 다양한 경험을 통해 많은 소재를 대상으로 글을 써볼 것이다. 자유롭게 글을 쓰며 행복을 전파하고 선한 영향력을 끼치는 사람이 되고 싶다.

이제는 글로 사람들의 마음을 움직이고 변화시키는 시대이다. 자신감을 가지고 나만의 글을 꼭 써보았으면 좋겠다.

5. 눈물보다 에세이 _최서연

에세이(Essay)의 정의는 이렇다. '개인의 상념을 자유롭게 표현하거나 한두 가지 주제를 공식적 혹은 비공식적으로 논하는 비허구적 산문 양식이다. 통상 일기 · 편지 · 감상문 · 기행문 · 소평론 등이 포함된다.'(문학비평 용어사전 발췌) 그러므로 누구나 에세이를 쓸 수 있다. 글의 형식도 무관하다. 자기계발서를 출간했지만, 평생 글을 쓴다면 에세이스트가 되고 싶다. 여행을 가서 보고 느낀 점을 적고 동네 시장에 갔다가 기억에 남는 경험도 차곡차곡 기록하려 한다.

최근에 SNS 글쓰기를 하고 있는 사례를 소개한다.

〈인스타그램 글 1〉

장성 백양사에 다녀왔다. 입구부터 잎이 울창한 나무가 빽빽하게 들어서 있었다. 나무 아래 벤치에 앉았다. '내 뒷모습은 어떻게 비칠까?'라는 생각이 들어 사진을 찍고 인스타그램에 글을 올렸다. 〈보여주지 않으면 모르는 모습이 있다. 모든 걸 잘 해낸다는 말에 더 인정받고 싶어서 나를 혹사한 적도 있다. 나도 소심하고 겁 많은 사람이다. 그런 나를 나부터 인정하고 사랑하는 지금이 좋다. 오십, 육십 나이를 먹을수록 뒷모습까지 아름다운 사람이 되자.〉 객관적인 사실에 그때의 감정이 더해지니 짧은 에세이가 완성됐다.

〈인스타그램 글 2〉

동네에 한두 송이씩 장미가 피기 시작했다. 만개한 꽃을 상상하며 쉬는 날 중랑장미공원에 다녀왔다. 대중교통으로 집에서 한 시간 반이나 걸리는 거리다. 막상 가서 보니 꽃은 군데군데 막 피어나고 있었다. 축제 기간을 정확히 확인해보지도 않고 온 내가 바보 같았다. 눈에 뭐가 씌었는지 귀신에 홀린 기분이었다. 〈장미 공원에 장미가 없다. 모든 것은 다 때가 있다. 어쩌겠어? 기다려야지. 어쩔 수 없는 일에 짜증은 내서 뭐 하겠어?〉 그저 짜증만 내고 머리를 쥐어박았다면 공원을 산책하면서도 울적했을 거다. 주어진 환경을 받아들이고 스위치를 바꾸면 나에게 교훈이 된다.

〈인스타그램 글 3〉

밥을 먹을 때마다 식탁 위 각티슈에 휴대폰을 올려놓고 생생정보통을 본다. 일 년 정도 된 취미다. 그저 먹방을 본다기보다, 잘

되는 식당의 노하우를 배우기 위한 것이라는 멋진 변명도 해볼 수 있다. 맛집 소개가 끝나면 바로 네이버에서 검색까지 해보는 치밀함을 넘어, 메모장에 지역과 식당 이름까지 저장해 놓고서야 다음 영상을 본다. 그중 한 곳은 장고항의 실치축제 현장이었다. 실치는 당진의 봄에 만날 수 있는 제철 생선이었다. 금방 죽기 때문에 당진에서만 회로 맛볼 수 있다고 한다.

아는 맛이 무섭다지만, 먹어보지 못한 제철 음식에 대한 갈망이 나를 당진까지 이끌었다. 멀리서 트로트 음악도 들리고, 입구부터 차가 막히는 걸 보니 제대로 찾아왔다. 회센터에서 35,000원짜리 실치회 무침을 먹고 나니 돈 벌고 여행하는 기쁨이 이거구나 싶었다. 편안해진 마음으로 장고항을 산책했다. 나는 멍하게 있는 것을 좋아한다. 멍하게 있다 보면 좀비 같아 보이기도 한다. 그때 일행이 사진을 찍어줬다.

〈여행하며 자연을 관찰한다. 자연의 법칙에 감탄하며 배운다. 사람을 품을 마음 그릇이 적어 속상할 때, 바다 앞에 서서 바라본다. "나 잘하고 있나요? 어떻게 하면 더 잘할 수 있을까요? 어떻게 하면 더 큰 사람이 될까요?"〉 사진과 함께 글까지 적고 보니 마음에 들었다. 인스타그램 댓글 반응도 평상시보다 좋았다. "이거 해라, 저거 해라"는 훈계보다 누구나 있을 법한 일상의 틈에서 한 부분만 건드려도 공감하는 에세이를 쓸 수 있다.

이런 글이 SNS에 쌓일수록 글 쓰는 실력이 좋아진다. 종이책에 비해 독자의 반응도 즉각적이다. '아, 사람들이 이런 글을 좋아하는구나!'라고 파악할 수 있는 좋은 정보가 된다. 짧은 글도 모이면 책이 될 수 있다. SNS나 메모장에 써놓을 글을 엮어 출판을 해보는 것도 좋겠다. 그런 경험이 많아지면 일상을 글로 풀어내는 노하우를 사람들에게 알려줄 수도 있다.

힘들고 속상할 때는 욕도 하고 술도 마셨다. 분통이 터져서 화가 가득 찬 눈물을 쏟아내기도 했다. 얼굴만 붓고 속만 더 상할 뿐 남는 게 없었다. 그럴 때 글을 쓰면 멍청이같이 실수한 나도 용서하고, 원수 같았던 상대방도 이해할 수 있게 된다. 이런 습관이 반복되면 어떤 때는 글을 쓰지 않아도 머릿속에서 정리가 되기도 한다.

에세이는 다른 말로 '산문(散文)'이라고도 부른다. 한자로 흩을 산, 글월 문을 쓴다. 형식이 없이 쓰기 때문에 '흩뜨린다'는 표현이 딱 맞다. 내 생각을, 처한 환경을 종이에 맘껏 뿌려보면 좋겠다. 그 자체가 작품이 되는 날까지 나는 에세이스트로 살겠다.

6. 아내, 엄마 그리고 작가 _최연우

    결혼 전과 결혼 후의 삶은 아주 달랐다. 살아온 환경과 너무 다른 시댁에 적응해가면서 며느리와 아내로 살아왔다. 결혼 직후 시댁인 포천에서 아버님을 모시고 한 달을 살았는데, 밤마다 개구리 울음소리를 듣고 저 멀리 송우리 시내의 불빛들을 보면 마치 나 혼자만 유배된 생활을 하는 것 같아서 몰래 울기도 하고 집에 가고 싶다는 생각도 많이 했다. 늦은 나이에 결혼했어도 적응이 되지 않았다.

    아이를 낳고는 아무개의 엄마로 살아왔다. 아이들을 유치원에 보내고 나면 동네 아줌마들과 모여 커피를 마시며 수다를 떨다가 점심을 나눠 먹고, 아이들이 돌아오면 각자 집으로 돌아갔다. 누구네 집에서는 수제비를, 누구네 집에서는 부침개를 먹으며 시간을 보냈다. 이야기의 주제는 거의 드라마나 연예인 이야기, 남편 아니면 시댁 이야기. 대개는 안 좋은 내용이었다.

    아이가 학교에 다니게 되자 시험 감독도 가고, 선생님도 만나러 가니 아이들 성적, 학원, 진로로 이야기의 주제가 옮겨갔다. 아이 자랑이 소재가 되는 일이 많아졌다. 공부를 잘하면 목에 힘이

들어가고, 공부를 못하면 자연스레 말수가 적어졌다. 공부 잘하는 아이의 엄마가 주축이 되어서 모임이 형성되었다. 어느 순간부터 나는 말수가 적어지는 엄마가 되었다.

막내가 세 돌이 될 무렵, 내 나이도 마흔을 바라보고 있었다. 여자 나이 마흔을 넘어가면 취업하기도 어려울 것 같아서 D사 방문교사를 지원했다. 세 아이를 둘째 형님에게 맡기고 6박 7일의 교육을 받았다.

결혼 후 첫 직업을 가지게 되면서 '아무개 엄마'에서 '선생님'이란 호칭으로 불리게 되었다. 내가 방문 수업을 하면서 우리 아이들은 종일반에 보내게 되었다. 지금도 기억이 난다. 날씨가 유난히 좋던 5월 어느 날, 놀이터에서 엄마와 놀고 있는 아이들을 보는데 내 아이들과는 같이하지 못하면서 남의 아이들을 가르친다는 게 갑자기 너무 슬펐다.

2년 정도 방문교사 생활을 하다 집에서 온라인으로 학습을 가르치는 선생님이 되었다. 지금이야 화상 수업이 대세지만, 2003년만 해도 화상 실시간 수업은 근무하던 W사가 처음 시작한 것이어서 그 시스템이 매우 신기했다. 9년 정도 근무하다 서울시에서 운영하는 저소득층 아이들 대상의 온라인 교육을 했고, 이후 M사의 중등 온라인 지도교사로 근무했다. 재택근무를 시작하면서는 아이들이 종일반에 다니지 않아도 되었다는 점에서 나는 나의 직업에 감사한다.

사교육계에서 오래 일했지만, 내 아이들 공부는 마음처럼 되지 않는 게 현실이었다. 한편으로는 아이들이 어려서부터 병치레를 많이 해서 공부보다 건강에 신경을 더 쓰기도 했다. 그래도 가끔은 내가 교육계에서 일하고 있는데, 아이들이 공부에 관심이 없는 걸 보면 속상하기도 했다. 사실 내 체면이 서지 않는다는 것이 솔직한 심정이었다. 하지만 결국에는 아이들이 건강하게 자기가 하고 싶은 일을 했으면 했다. 즐겁고 행복한 일을 직업으로 삼으면 좋겠다.

불리는 호칭에 따라 위치도 달라진다. 누군가의 아내일 때도 있고 누군가의 엄마일 때도 있지만, 여자들은 직업을 가지면서 자신의 이름을 다시 찾게 된다. 나의 이름이 있었음을 깨닫게 된다. 처음에는 쑥스럽게도 느껴진다. 아직도 일이 있고, 그 일을 집에서 하면서 시간적인 여유를 가질 수 있음에 감사한다.

작가는 멋지다. 왠지 특별한 사람 같다. 영혼도 자유로운 것 같다. 그래서일까? 나와는 거리가 멀게 느껴졌다. 하지만 지금은 작가의 꿈을 꾸면서 조심스럽게 글쓰기에 도전한다. 아직은 '작가'란 이름이 낯설고, 나에게 붙이기가 미안한 마음이 크다. 배울 것이 많고 갈 길이 멀기 때문이다. 하지만 지금까지 살아오면서 가졌던 '아무개의 아내', '아무개의 엄마'가 아닌, 내 이름 석 자의 작가로 살아 보기로 했다. 조심스레 나를 드러내고 나의 이야기를 꺼내놓으며 소통할 것이다.

버리고, 지우고, 고치는 일도 많을 것이며, 상처받는 일도 있을 테지만, 나는 나의 글을 써가면서 나로 성장하고 나와 당당하게 마주하겠다. 나를 내놓고 마주하지 않는 한 글을 쓴다는 건 어려운 일이다. 그렇게 마주하다 보면 어린 나도 만나고, 숨어 있던 또 다른 나도 만나게 된다. 잊고 있던 나를 발견하기도 한다. 나의 손을 조심스레 잡아보자. 나는 이런 사람이었구나, 나는 이런 꿈을 가지고 있었구나, 토닥이며 나를 안는다. 글쓰기는 나를 온전히 알고 치유하게 되는 과정이다.

내가 특별해서 쓰는 게 아니다. 그저 매일 쓰는 나의 일상 이야기가 모여서 어느 한 명에게라도 도움이 되기를 바라는 마음이다. 작가라서 글을 쓰는 게 아니라 글을 쓰니까 작가라는 이야기가 생각난다. 서투른 나의 이야기를 써가면서 나를 돌아보는 시간이 지금도 나는 참 소중하다.

　무엇부터 어떻게 써야 할지 모른다면 감사일기부터 쓰기를 권한다. 감사일기는 내 주변의 사소한 것을 다시 돌아보게 해준다. 나와 항상 같이하고 있지만, 소중하고 감사한 걸 잊고 있었던 가족들을 다시 사랑하게 해주었다. 남의 편인 줄만 알았던 남편이 감사한 인물에 가장 많이 등장한다. 세상 누구보다 나를 가장 많이 도와주며 이해해 주고 있다는 걸 깨닫게 되었다. 가족이 내 삶의 힘이다. 이제는 가족들이 다시 꿈꾸고 있는 엄마, 아내를 조용히 응원하고 격려하며 힘을 준다.

　작가로 첫발을 디디는 나. 아직은 부족한 면이 많지만, 꾸준히 배우고 글을 쓰며 성장해 갈 것이다.

7. 멈추는 시간 _석승희

자동차가 쉴 새 없이 달리면 연료가 떨어져 저절로 멈추는 순간이 온다. 사람도 살아가기 위해 뭔가를 끊임없이 하지만 쉬는 시간 없이 계속할 수는 없다. 쉬는 시간을 가지면서 다시 앞으로 나아갈 힘을 만들고 기운을 얻는다. '정리가 필요하다'고 마음먹었을 때부터 글쓰기를 시작했다. 겉으로 보기엔 정지한 상태로 보이지만, 나에게는 힘을 기르는 시간이다. 글을 쓰려고 마음먹으니 내 마음을 들여다봐야 했다. 여태 해본 적이 없던 일이라 어색했지만, 내가 살아온 지난 시간을 되짚어 보며 나에 대해서 자세히 생각해볼 수 있는 시간이 되었다. 끄집어낸 추억담에서 그때 그 시간으로 되돌아간 듯한 착각에 빙그레 웃기도 하고, 내가 혼자 편집하는 영화처럼 돌려보며 즐거웠던 장면을 떠올려 본다. 평소에 따로 이런 시간을 갖기가 힘들다. 어려운 것은 아닌데 잘 안된다. 여유시간을 일부러 내야만 할 수 있는 일이라고 여긴다. 글을 쓰기 시작하니 머릿속이 분주하게 돌아간다. 어떤 소재로 쓸까? 늘 생각이 떠나질 않는다. 숙제 같지만 귀찮지 않다. 어떤 이야기를 어떻게 전달하면 재미있을까? 즐거운 고민을 하게 된다. 내가 했던 경험들을 지나온 시간대별로 나누면 시리즈로 엮어낼 수 있을 것 같다. 만났던 사람들의 느낌, 여행을 갔던 장소들에서의 추억, 기록하고 싶은 내용의 책 이야기, 실패담, 배우고 유익함을 얻었던 것들, 좋아하는 것과 싫어하는 것, 잠시 생각해도 이렇게나 쓸 수 있는 것이 많다.

이 모든 것들을 다시 바라보고 생각하며 글로 풀어내는 나 혼자만의 시간이 좋다. 혼자 오로지 나를 생각할 수 있는 시간을 선물 받은 것 같아 기쁘다. 다른 것은 잠시 접어 두고 글을 쓰기 위해 몰두하는 나만의 시간. 대단한 것을 하는 것도 아닌데 뿌듯한 마음에 그냥 좋다. 은연중에 나의 생각을 정리해보고 싶다 여겼던 마음이 현실이 되어 신기하고 설렌다. 어느 책에 나온 내용처럼 주변의 아주 작은 부분 하나라도 사사로이 보지 않고 소중한 시선으로 보게 될 것 같다. 언제 어떻게 나의 글감에 소재로 등장할 수 있을지 모르기 때문에 하나라도 놓치지 말고 관찰해야겠다고 다짐한다. 글이 떠오를 수 있게 사진도 종종 담아봐야겠다. 담겨진 사진을 바라보면 생각나는 것이 많다. 혼자 짧은 스토리도 만들어낸다. 느낌만 옮겨 봐도 괜찮다.

나는 필사하는 것을 좋아한다. 필사하고 싶은 좋은 책들이 많다. 필사를 시작하고부터 신기하게 좋은 일이 생겼고, 긍정적인 마음을 가지게 되었다. 좋은 글을 읽고 좋은 생각을 하니 나쁜 생각이 들어올 자리가 없게 되었다. 좋은 글이 전해준 기운 때문이었다고 생각한다. 글자를 정성스럽게 적고 나면 마음이 뿌듯하다. 필사를 하고 감사일기를 쓰는 시간 또한 멈추는 시간이라고 생각한다. 필사는 글자를 적으면서 다시 읽어야 하고, 옮겨 적는 동안 집중해야 한다. 감사일기를 쓸 때도 감사한 부분들에 대해 내가 보낸 하루의 시간을 돌아봐야 한다. 이 시간 또한 잠시 정지의 시간과 같다. 정지의 시간에는 반성도 하게 된다.

한 가지 소망이 있다. 책을 쓰고 싶다고 생각했을 때부터 목표로 가졌다. 내가 다시 책을 출간한다면 캘리그라피 에세이집을 쓰고 싶다. 나의 생각을 적은 글과 함께 나의 캘리그라피 작품들을 싣고 싶다. 지금부터 하고 싶은 말이 떠오를 때마다 캘리그라피 작품과 같이 글로 남겨둬야겠다. 쓰고 싶은 글에 대한 작은 메모장도 필요할 것 같다. 매일 나를 위한 글을 쓰는 시간을 가지는 것도 좋을 것 같다. 미리 차곡차곡 쌓아두고 나중에 정리해서 책 한 권으로 만들어진다면 얼마나 좋을지 상상만 해도 좋다. 귀한 보물이 될 것 같다.

마음을 가다듬기 위해서 글씨를 쓰는 것만큼 글을 쓰는 것도 좋은 것 같다. 글을 쓰면서 나와 만나보는 시간을 가질 수 있다. 한마디 말로 표현하기 힘들지만, 좋다. 아직 해보지 않았다면 우선 해보길 추천한다. 처음 시작이 쉽지 않겠지만, 막상 시작하면 잘했다고 분명 느끼게 될 것이다. 도저히 못하겠다 싶으면 한 줄부터 써보고, 그다음 두 줄을 써보고, 세 줄을 써보고, 다섯 줄을 쓰다가 습관이 되면 반 페이지를 쓰고, 한 페이지를 쓰는 것도 가능하게 될 것이다. 나부터 실행에 옮겨야겠다. 짧은 글만 쓰다 보니 짧게 쓰는 버릇이 생겨 조금 길게 쓰려면 머리를 많이 굴려야한다. 솔직히 지금도 매우 고군분투하고 있다. 어느 부분을 어떻게 늘리나 고심에 고심을 거듭하며 한 줄씩 늘여 가고 있다. 한 줄씩 늘어나는 분량에 약간의 희열감도 느낀다. 나의 손가락이 움직이는 속도와 화면에 채워져 가는 글자들이 보일 때마다 고지가 얼마 안 남았다며 혼자 속으로 쾌재를 부른다. 나 자신과의 한판승을 하고 있는 기분이다. 대결하는 것을 좋아하지 않지만, 나는 꼭이기고 싶다. 나를 이기기 위해 조금 더 힘을 내본다. 경쟁하는 중에 나 자신과의 경쟁에서 이기는 게 어렵다고들 말한다. 그래서 기쁨이 크게 느껴진다. 나의 한계를 극복 중이라 신난다. 이렇게 길게 깊게 내 생각만 해본 것이 처음이다. 작은 분량이지만 해냈다는 성취감에 날아갈 것 같다. 얼마 전 내가 쓴 글이 실린 문집이 전자책으로 나왔을 때도 크게 실감이 안 나고 어리둥절했는데, 실제로 책이 나오면 어떤 기분일까? 무척 기쁠 것 같다. 살아가면서 이런 기쁨을 더 많은 사람들이 느껴봤으면 좋겠다. 그냥 무작정 쓰던 사람이었던 나도 도전했고, 믿기지 않게 이 글을 쓰고 있으니, 누구라도 도전할 마음만 있다면 가능할 것이다. 자신과 진하게 만나는 시간을 가지고 싶은 사람이라면 오늘부터 글을 써보길 바란다. 글을 쓰면서 나 자신을 사랑하는 마음이 더욱 커질 것이다. 오늘 이 책을 시작으로 에세이스트로 살기로 마음먹어 본다. 멈추는 시간을 자주 가지고 그 시간을 나만의 방식으로 즐기면서 글쓰기와 친해져 보려고 한다. 말로 표현할 수 있는 것을 이제부터 글로서 대신하려고 한다. 그러기 위해서 새벽 시간과 가까이 지내야겠다. 아무에게도 방해받지 않는 고요한 새벽 시간은 마음이 차분해진다. 좋아질 것 같은 이 글을 마무리하고 있는 시간이다. 개인적으로 생각이 너무 많기 때문에 생각을 비워내는 연습도 같이해야 할 것 같다. 시간은 화살처럼 빨라 흐름을 멈추기 힘들지만, 글쓰기를 통해 삶의 브레이크를 걸어 시간을 조정할 수 있는 한 사람이 우리 모두가 되기를 소망한다. 나의 소망에 함께할 사람들이 많이 늘어나길 바란다.

8. 폼나잖아요 _이현주

폼나는 사람, 멋있는 사람이다. 폼은 중요하다. 한때 유명 그룹이었던 젝스키스의 노래 중에 폼에 살고 폼에 죽는다는 가사가 있다. 폼의 국어사전 뜻 중 하나가 겉으로 드러내는 멋이나 형태다. 폼이라고 하니 여러 가지 모습들이 떠오른다. 좋은 차, 좋은 옷, 멋진 휴양지, 고급스러운 레스토랑에서의 식사, 레저를 즐기는 여유 있는 모습들은 한마디로 폼이 난다. 돈으로 만들 수 있는 폼이다.

다른 종류의 폼이 있다. 생각하는 모습, 고뇌하는 사람, 철학적인 대화를 나누는 모임의 분위기 등 왠지 지적인 모습들이다. 나와는 다른 차원의 품격 같다. 철학자, 시인, 작가들이 떠오른다. 이들 앞에서는 왠지 말도 함부로 못할 것 같고 조심스럽다. 평소대로 말을 했다가 내 밑천이 드러날 것 같고 괜히 주눅이 든다. 나는 못하는 일을 그들은 해낸다. 그들은 글을 쓰는 사람들이다.

한국 사람들은 말을 참 잘한다. 사적인 모임에서 말을 못하는 사람은 별로 없다. 서로 내 말 좀 들어보라고 목청껏 떠든다. 하지만 글을 좀 써보라고 하면 당장 나오는 말이 '나는 그런 거 못해!'다. 사람들은 자신이 못하는 걸 해내는 사람을 대단하다고 인정한다. 작가도 그렇게 인정받는 사람들이다.

모유 수유 전문가로 시간을 보내면서 수유를 하는 엄마들에게 해주고 싶은 말이 참 많았다. 책을 써놓고 독자들이 알아서 읽어주기를 바랐다. 지금 생각하면 참 황당하다. 전 국민이 아는 유명 작가도 책을 쓰면 홍보에 열을 올린다. 도대체 나는 왜 그런 생각을 했을까.

책을 쓰고 이력서에 작가 타이틀을 한 줄 써넣으면서 기분이 묘했다. 책을 썼다는 말을 들은 상대방은 감탄사를 뱉는다. 우쭐하기도 하고 쑥스럽기도 했다. 일 년 후 모유 수유 전문가들과 공저로 책을 펴냈다. 공저한 책을 강사들이 강의하는 보건소와 교육센터에 몇 권 선물했다. 책을 전해 받은 담당자들의 반응을 보고 너무 기분이 좋았단다. '책도 쓰시냐? 대단하다.' 라는 반응에 절로 어깨가 으쓱해졌다고 한다.

사람은 누구나 인정받고 사랑받기를 원한다. 나이가 들어도 사람은 인정받기를 원한다. 그 나이에 뭘 인정받고 싶어 하냐 할 수도 있다. 남의 인정을 받으면서 스스로 만족감을 느낀다. 내가 이런 걸 해내는 사람이구나 하는 느낌이 그렇다. 책 쓰기는 나도 만족하고 누구에게나 인정받는 것 중에 하나다.

만나는 사람마다 사연들이 참 많다. 소설의 주제로도 손색이 없다. 본인의 얘기를 책으로 쓰면 몇 권은 나온단다. 그들에게 '책 한 권 써보세요'라는 말을 진지하게 해봤다. 못쓴단다. 말이 끝나기가 무섭다. 세상에 저절로 되는 게 없다. 노력해야 한다. 작가가 되는 것은 내면의 격을 높이는 일이다. 생각하고, 고민하고, 머리를 쥐어짜는 고뇌의 시간이 필요하다. 작가를 인정하는 이유 중 하나라고 생각한다. 공저를 한 후에 다시 책을 쓸 일이 있을까 생각했었다. 어쩌다 보니 좋은 모임에 들어와 여러 가지를 배우며 공저에 참여하고 있다. 행운이다. 다시 책을 쓰게 되다니 인생은 참 신기하다.

작가라는 폼나는 옷을 입으면 그에 맞는 의무가 있다. 내 책을 통해 한 사람이라도 도움을 받아야 한다. 나는 책을 통해 지식과 즐거움을 얻기를 원한다. 내 책을 읽는 독자도 유익함을 얻었으면 좋겠다. 살면서 생기는 문제들이 있다. 찾아보고 적응해 봤던 여러 가지 해결책을 하나하나 풀어본다. 내가 겪는 문제들을 보면 먼저 살아온 선배들이 겪었던 일이다. 책 속에 답이 있다.

책을 쓰는 것은 나를 알리는 행위다. 이타적인 행위이기도 하다. '내가 힘들 때 이런 방법으로 극복했어. 너한테 도움이 됐으면 좋겠다.'라는 마음을 전하는 방법이다. 《메신저가 되라》는 책을 읽지 않았더라면 책을 쓰지 않았을 것이다. 고마운 책이다. 가끔 산모의 집에서 내 책을 볼 때가 있다. 책장마다, 문장마다 많은 줄이 그어져 있었다. 좋으면서도 부끄러운 생각이 들었다. 노력이 부족하지 않았나 하고 반성도 되었다. 한편으로는 좀 더 적극적으로 책을 알렸어야 했는데, 하는 후회도 들었다. 다시 책 쓰기를 하면서 이전과는 다른 마음가짐을 가지려고 한다.

한눈에 보아도 폼나는 사람이 있다. 자세가 좋은 사람들이다. 가슴과 어깨를 펴고 시선은 정면을 향하며 입가에는 부드러운 미소를 머금고 있다. 한마디로 당당하다. 이런 자세를 갖추고 있는 사람은 자신감이 있어 보인다. 실제로 자존감도 높다. 마음의 자세가 겉으로 드러난다. 몇 년 전 마케팅교육을 받았다. 강사가 마케팅기법과 더불어 태도에 관해서도 강의했다. 아직도 기억나는 말이 있다. '내가 팔고자 하는 물건이나 정보가 아주 귀하다고 생각하라.'는 것이다. 고객이 나를 만나서 이런 귀한 정보를 얻게 되었다. 그러니 고객은 나를 만난 게 행운이다. 팔려는 사람이 아니라 귀한 물건을 알려주는 사람인 것이다. 생각을 바꾸면 자세도 바뀐다.

호랑이는 죽어서 가죽을 남기고 사람은 죽어서 이름을 남긴다. 정보화시대가 되었다. 유명인이나 방송인이 아니어도 나를 알릴 수 있는 시대다. 마음만 먹으면 온갖 매체들을 통해 나를 알릴 수가 있다. 스스로가 전문가로 멋지게 포장할 수도 있다. 책을 쓰면 나는 전문가가 된다. 유튜브, 블로그, 인스타그램 등 여러 방법을 배우고 써봐야겠다.

　누구나 폼나게 살고 싶어한다. 남들이 하지 못하는 일을 해낸 사람은 근사하다. 나는 지금 동료들과 같이 책을 쓰고 있다. 함께 하자고 손을 내미는 전문가들이 가까이 있다. 그러고 보니 나는 행운아다. 다시 생각해봐도 작가는 정말 폼이 난다.

9. 내 인생에도 의미와 가치를 _이경해

내 인생에서 가치 있고 의미 있는 시간은 언제였을까? 남편과 두 아들을 둔 평범한 워킹맘이다. 아내와 엄마, 그리고 어린이집 교사로 바쁘게 살다 보니 인생의 의미와 목적, 진정한 삶의 가치 등을 생각할 겨를이 없었다. 아니 좀 더 정확히는 관심을 두지 않았다는 것이 더 맞겠다. 20대 때는 주체적으로 재미있는 인생을 살고 싶었다. 영화까지는 아니지만 '내 인생도 한 편의 드라마 정도는 만들어야지!' 하며 특별함을 꿈꿨다. 하지만 현실은 늘 다른 사람들을 따라가기에 바빴다.

아침 먹거리를 챙기는 일로 하루를 시작한다. 식사를 챙긴 후 출근 준비와 함께 집을 대충 정리하고 집을 나선다. 어린이집에 출근을 하면 정신없는 하루가 시작된다. 아이들 맞이, 수업, 놀이, 식사 지도, 서류, 청소까지 쉴 틈 없는 일과를 마치고 퇴근한다. 곧바로 이어지는 저녁 메뉴 걱정, 마트에 들러 음식 재료를 준비하고 집에 들어오면 다리에 힘이 풀린다. 잠시 쉬다가 일어나 저녁 식사를 준비해 먹고 설거지를 마친 후 아이들의 숙제와 학습을 점검해 주면 나의 일과는 끝이 난다. 다르지만, 똑같은 일상으로 매일을 살아내고 있다. 그러다 문득 '사는 거 정말 재미없는 거구나!' 하는 생각이 들어 슬퍼지기도 한다.

2019년 코로나19가 발병하면서 일거리 하나가 추가되었다. 아이들의 점심, 하루 세끼가 다 내 몫이 되었다. 아직 불사용에 미숙한 아이들이라 전자레인지에 데워 먹을 수 있는 것으로 아침마다 준비해 식탁 위에 놓았다. 아이들이 알아서 챙겨 먹는다는 것 자체에 마음이 쓰여 평상시보다 더 신경을 썼다. 길어도 한 달이면 끝날 줄 알았던 시간이 삼 개월, 육 개월, 1년, 2년으로 길어져 갔다. 엄마라는 이름의 직업에 점점 지쳐갔다. 의미 없는 밥에 힘을 쏟고 있다는 생각이 들었다. 밤이 되어 아이들을 재우고 나면 남편과 맥주 한 캔을 마신다. 하루를 잘 살았다고 서로 위로해 주는 시간이다. 이런 생활이 언제 끝날까? 생각이 들던 어느 날 "사는 게 재미있어?" 남편에게 물었다. 16년 넘게 사는 동안 몇 번 같은 질문을 했던 것 같다. 남편의 결론은 늘 같다.

"재미로 사는 사람이 어디 있니? 태어났으니까 살아보는 거지, 할 일이 있으니까."

"나라고 매일 재미로 살겠어? 가족과 아이들이 있으니까 사는 거야."

"코로나 잠잠해지면 여행갈까? 어디 가고 싶어?"

늘 훈계로 시작해 다독이는 말로 끝나는 신랑의 대답이다.

남편의 생각에 백 프로 동의하지 않지만, 나도 모르게 저절로 고개를 끄덕였다. 하지만 의문이 들었다. '왜, 재미있게 살면 안되지?' '아이들과 가족이 있어서 내가 재미있는 일 하면 안되는 건가?' 그날 밤 잠자리에 누워 생각하느라 쉽게 잠이 오지 않았다. 며칠 동안 살아온 인생을 되돌아보며 앞으로 어떻게 살아야 할까 고민했다. 며칠 잠을 설쳐 남은 인생의 계획을 세웠다. 경제적 자유를 위한 돈 공부와 어린 시절부터 마음으로 꿈꾸던 글쓰기를 해야겠다고 마음먹었다. 그날 이후 내 인생의 목적에 배움과 기록이 시작되었다. 제일 처음 성공한 사람들이 모두 작성했다는 감사일기를 시작했다. 어떻게 기록해야 할지 몰라 유튜브와 프로젝트 모임에 참가해 다른 사람들의 감사일기를 보며 공부했다. 바쁘다는 이유로 마음에 여유도 없이 무미건조하게 살던 삶에 다른 사람들과 함께하는 감사의 기록은 나를 미소를 짓게 만들고, 마음을 스펀지처럼 말랑말랑하게 만들었다. 감사를 기록하는 시간이 설렌다.

글을 쓰고 저장할 공간으로 블로그를 선택했다. 그 무렵에 읽었던 김민식 피디가 쓴 《매일 아침 써 봤니》가 자극을 주었다. 매일 쓴다는 것이 부담되었지만, 블로그에 쌓여 가는 글을 보면 흐뭇했다. 고비도 있었다. 블로그가 저품질로 평가되어 검색되지 않았다. 며칠 동안 고객센터와 저품질 블로그에 대해 알아보았다. 복구가 어려워 새로 아이디를 만들고 블로그를 다시 개설했다. 순간적으로 블로그를 그만할까 생각했다. 나의 길이 아니라 이런 일이 생기나 싶었다. 하지만 겨우 몇 달의 시간 때문에 내 꿈을 이뤄가는 과정을 그만두고 싶지 않았다. 다시 글쓰기를 시작했다. 블로그 관련 일대일 코칭도 30분 받았다. 글을 본격적으로 써 보겠다는 의지로 더 빅리치 캠퍼스에서 운영하는 글벗 프로젝트에 참가했다. 글벗에 참가하면서 본격적으로 에세이라는 분야의 글을 쓰기 시작했다. 에세이를 쓰다 보니 나도 모르는 순간에 내 인생을 되돌아보며 기록하고 있었다. 다른 사람에게 보이기가 부끄럽다고 여기던 치부도 글로 나타나니 나름대로 가치있는 시간으로 포장되었다. 글벗 프로젝트 종료 후, 전자책 글벗 문집 1호가 발간되었다. 나도 전자책 작가가 되었다. 인쇄한 책으로 내 글을 읽었다. 아직 부족하지만, 인생에 작은 의미가 만들어졌다.

얼마 전 연인들을 매칭하는 프로그램을 봤다. 날이 선 외모 때문인지 처음부터 끝까지 남자들에게 선택받지 못하는 여자 참가자가 있었다. 프로그램이 진행되는 동안 여자는 자신의 감정을 솔직하게 표현했다. 자신의 상황을 받아들였고, 감정을 표현하는데 어색함 없이 당당했다. 최종 선택에서 여자는 좋아하는 남자에게 자신의 감정을 표현했다. 남자가 다른 여자를 선택해 커플이 되지 않았지만, 여자의 확실한 의사 표현으로 두 달 후 연인이 되었다는 후기까지 나왔다. 순간 '바로 이거야!' 라는 생각을 했다. '내 인생은 내 것이야!' 입버릇처럼 아이들에게 자주 해주는 말이다. 나는 어떻게 살아왔는가? 바쁜 생활에 해가 뜨면 '또 하루가 시작되는구나.' 했고, 해가 지면 '하루가 다 갔다.'고 생각했다. 그렇게 하루, 한 달, 1년을 살아 오십에 가까워지고 있다. 내 인생인데 남의 인생처럼 살아왔다. 인생의 가치와 의미는 다른 사람이 만들어 줄 수 있는 것이 아니다. 스스로 만들어 가야 한다. 늦었을지도 모르는 지금에서야 글을 쓰며 내 인생의 의미와 가치를 만들어 가고 있다. 늦었다고 후회하지 않는다. 지금이라도 시작할 수 있어서 행복하다. 글쓰기를 통해 인생의 의미와 가치를 채워나가고 있다.

10. 하루에 한 번 글쓰는 시간 _이지선

　오전 10시 30분 노트북을 켠다. 이 시간은 나 '이지선'의 출근 시간이다. 남편의 출근은 8시, 아이들의 등원 시간은 10시다. 자유다. 혼자 있는 시간이면 글을 쓴다.

　'글'이란 무엇일까? 자기계발서, 소설처럼 전문적이어야만 할까? 특별한 사람만 작가가 되는 것일까? 되돌아보니 나는 이미 작가였다. 블로그에 연년생 육아일기를 쓰고 있다. 씽크와이즈, 3P 바인더, 그릿지선 오디오클립, 팟빵 업로드 등 내가 하는 것에 대해 기록을 남긴다. 쓴다는 것은 생각하는 시간을 갖는 것이다. 언제부터 나는 글을 쓰기 시작했을까?

　결혼한 후 퇴사를 했다. 처음 3일은 좋았다. 일주일이 지나니 불안하기 시작했다. 이대로 혼자 있다가 죽을 수도 있을 것 같았다. 그때 나를 살려준 것이 '블로그'다. 나의 결혼 스토리를 적었다. 신혼여행을 기록했다. 블로그 포스팅을 끝내고 나면 2시간이 지나있다. 이웃 신청도, 공감, 댓글을 받으며 도움이 되는 사람이라고 느꼈다.

　결혼하고 나니 '외로움'이 더 커졌다. 친정 부모님과 살고 싶었다. 그 당시엔 신랑도 회사에서 사원이었다. 새벽 2~3시에 들어

왔다. 나에게 혼자 있는 하루는 길었다. 부모님껜 걱정거리가 될까 봐, 친구들에게도 자존심 때문에 외롭다고 말하지 못했다. 그렇게 블로그는 나의 쓸쓸함을 채우는 공간이 되었다.

2021년 11월 홍대에서 'BBM 페스티벌'이 있었다. 나는 공저 1기 멤버를 축하했다. 그 당시만 해도 작가란 타이틀은 대단한 사람만 가질 수 있다고 생각했다. 지금 글을 쓰는 5월 14일, 6개월 만에 공저 3기 초고를 쓰고 있다. 최서연 작가님은 자기계발에 목마른 내가 우물을 파다 만난 분이다. 공저 1기의 출판과 저자특강을 들었다. 몇 개월 뒤, 공저 2기 작가가 발표됐다. '작가'에 대한 열망이 생겨났다. 글벗 5기를 신청했다. 글쓰기 주제는 자기소개, 내 이름으로 삼행시 짓기, 내가 두려워하는 것들의 글을 쓰며 나를 돌아보는 시간이 되었다. 내 삶의 우선순위는 글쓰기가 되었다. 매일 5줄 이상의 글을 쓰는 시간을 가졌다. 아이들을 등원시키고 오면 오전 10시다. 무조건 글부터 쓴다. 잘 쓰든, 못쓰든 나를 표현해보겠다고 생각했다. 나를 드러내는데 숨김이 없는 편이다. 판단하는 것은 상대의 몫이다. 가끔 쓰고 나면 '지나치게 솔직했나?'라고 생각이 드는 날도 있었다. 내 감정을 다른 사람에게 표현하면 '나를 어떻게 생각할까?'라는 고민도 되었다. 쓰고 나면 내 기분은 시원했다. 마치 마음속에 꽁꽁 싸둔 돌덩이들을 내려 놓은 기분이다. 마음이라는 것이 가벼워졌다. 글을 쓰며 치유가 됐다. 이해가 되고 용서가 됐다.

자기계발의 첫 번째는 '나'를 알아가는 것부터 시작한다. 내가 뭘 잘하는지, 싫어하는지, 좋아하는지 말이다. 글벗이 토대가 되어주었다. 글을 쓰며 느꼈다. 나는 성실한 사람이다. 도전정신이 있다.

스물한 살, 1년간 학교생활과 병행하며 중앙대학교 편입에 성공했다. 장학금도 받았다. 목표를 세우고 결심한 것은 실천한다. 토끼 같은 두 딸을 낳고 잠시 멈췄다. 아이를 키우는 일에 몰두했다.

요즘 나는 삶의 루틴이 있다. 일어나면 감사일기를 쓴다. 긍정 확언을 쓴다. 바인더를 살펴본다. 노트북을 켠다. 블로그에 글을 쓴다. 가족과의 여행, 나의 독서 기록 등을 발행한다. 인스타그램에도 아이들과 쿠킹클래스에 다녀온 사진을 올린다. 누군가 읽어주면 독자도 생기고 구독자도 늘어난다.

공감의 댓글이 달리면 반갑게 댓글을 남긴다. 사람들과의 소통이 이렇게도 재미있는 일이었나? 내 글이 도움이 되었다니 계속 쓰고 싶다. 최서연 작가님의 글벗을 통해 '문장력'이 무기라는 것을 배웠다. 글로 사람의 마음을 얻을 수 있다니 배우지 않을 이유가 없다. 글을 쓸 이유가 더욱 명확해졌다.

작가란 오늘 아침에 글을 쓴 사람이다. 영국 작가 프린 슬리는 이렇게 말했다. "가능한 글을 자주 써라. 그게 출판될 생각이 아니라 악기연주를 배운다는 생각으로." 나는 글이라는 악기연주를 배우고 있다. 악기를 잘 다룰 때까지 말이다. 내 연주를 들어주는 관객이 생길 수 있다는 믿음을 가지고 그저 쓴다. 글쓰기를 시작할 때까지는 그것을 통해 무엇을 터득하게 될지 알 수 없다. 오직 글쓰기만을 통해 그런 것이 있는 줄도 알지 못했던 진실들을 알아차릴 수 있게 된다. 그렇게 오늘 아침에도 나는 글쓰기라는 악기를 배우고 있다. 그 즐거움을 함께 알 수 있었으면 좋겠다.

Woman, When You Meet The Essay

마 치 는 글

권미령

어느 날 문득, 정신을 차려보니 아이들은 무럭무럭 자라는데 나는 작아지고 있었다. 2022년 1월, 꿈 리스트를 적고 시간을 기록하며 엄마와 아내가 아닌 '나' 에게 집중하기 시작했다. 그 아름다운 길 위에서 글쓰기를 만났고 소중한 인연이 닿아 책을 쓰게 되었다. 잘 할 수 있는 것, 좋아하는 것을 찾기 위해 무던히도 애를 썼다. 글을 쓰며 알게 되었다. 행복의 파랑새는 내 안에 있다는 것을! 비비엠 공저를 통해 작가 데뷔를 할 수 있게 도와주신 이은대 작가님, 최서연 선배님 감사합니다.

김단비

독서에 미친 삶을 20년 넘게 살아왔다. 독서로 통해 얻은 생각들을 글로 적고 싶은데 힘들었다. 글쓰기에 미칠 용기가 나지 않았다. 다양한 시도를 하였고 좌절도 여러 번 하였다. 그 속에서도 글쓰기는 나에게 스며들었다. 새로운 것을 보고 배우고 느끼는 것을 글로 쓰는 행복을 어느새 발견했다. 글이 주는 행복을 느낀 후 매일 독서와 글쓰기로 하루를 시작하고 마무리한다. 그 삶이 주는 행복을 함께 나누고 싶다.

나은주

어느 순간 휘리릭 지나간 버린 나의 3040시대. 그 활기차고 고뇌의 시간들을 다시 되돌아보았다. 글을 쓰는 시간은 안개속에 가려져있던 나를 찾아가는 진정 소중한 시간. 보잘 것 없는 예전의 나는 지금 보잘 것 있는 내가 되어가고 있다. 글을 쓰며 한 발짝 한 발짝 하루 하루 의미있는 인생이 되어간다. 멋진 작가님들과 함께 할 수 있어 감사하였고 묵묵히 함께해주신 최서연 선배님, 이은대 작가님 진심으로 감사드립니다.

석승희

작년부터 글쓰기 연습을 시작했습니다. 여러 글쓰기 모임과 최서연 작가님의

BBM 글벗 프로그램에 참여하면서 BBM 문집으로 올해 전자책 작가로 데뷔하게 되었고, 막연하게 3년 안에 캘리그라피 에세이집을 출간하고 싶다는 꿈을 공저책 출간으로 앞당기게 되는 행운을 얻었습니다. 글 쓰는 삶에 첫걸음으로 생각하고 나를 돌아보고 나의 기록을 남길 수 있는 작가로서의 나를 계속 만들어 가고 싶습니다. 이은대 작가님, 최서연 작가님 감사합니다.

이경해

도전이라는 단어를 내 삶에 데려 온 첫 번째 순간입니다. 같은 직종의 일을 20년 넘게 하면서 다른 길에 대해 동경은 있었지만 행동으로 옮기지 못했습니다. 제게 공저 작업은 오십 가까운 나이에 시작하는 첫 도전입니다. 나의 이야기를 글로 풀어내는 과정이 쉽지는 않았지만 다른 공저 작가님들과 함께여서 가능했던 것 같습니다. 글쓰기에 도전할 수 있는 마음과 글쓰는 과정에 응원의 힘을 주신 모든 분들께 감사의 마음을 전하고 싶습니다.

이지선

35년 내 인생을 앞만 보고 달려왔습니다. 나의 지나온 세월을 돌아보고 정리하는 시간을 갖게 되었습니다. 내가 누구인지, 무엇을 좋아하는지, 나에 대해 알아보는 시간이 글 쓰는 삶이라는 것을 깨달았습니다. 딸, 손녀, 여자, 며느리에서 엄마로 그리고 다시 '나'로 시작하게 될 수 있었던 글 쓰는 시간에 감사합니다. 앞으로 나를 사랑해 주는 방법으로 글을 쓰겠습니다. 육아하는 여성 들에게 용기와 희망을 주는 사람이 되고 싶습니다.

이현주

두 권의 책을 의무감으로 썼다. 글쓰기는 어려웠다. 그렇게 내 인생의 책쓰기는 끝이라고 생각했다. 독서모임을 통해 글을 읽고 쓰는 사람들을 만났다. 그들의 성장하는 모습이 보기에 좋았다. 함께하고 싶었다. 공저모임을 통해 함께 쓰고 서로의 글을 교정해가며 시간을 쌓으니 책이 나왔다. 하고 싶은 말이 있다는 것을 알수 있는 소중한 시간이었다. 누구에게나 쓸 수있는 글감이 참 많다.

장윤미

작가되기. 막연하게 꿈 리스트에 썼던 것이 이루어졌다. 그 누구의 방해도 받지 않는 고요한 시간에 추억을 떠올리며 생각을 글로 써 내려갔다. 이제는 꿈 리스트에 나만의 전자책 쓰기도 추가했다. 마음만 먹으면 누구든 작가가 될 수 있는 시대이다. 자신감을 가지고 도전해 보면 좋겠다. 글쓰기 시작 전부터 끊임없이 응원해 주시는 가족, 친구들, 지인들, BBM선배님들, 공저 3기 참여 기회주신 최서연 작가님과 인연 맺게 된 이은대 작가님, 함께 작업한 공저 작가님들께도 감사드린다.

최서연

BBM 커뮤니티의 4년차 리더다. 수강생들과 함께 성장하기 위해 2022년은 '작가 친구 100명 만들기' 공저 프로젝트를 진행하고 있다. 《1인 기업 제대로 시작하는 법》,《리딩 퍼포먼스》에 이어 《한 번쯤 내 이야기를 쓰고 싶었다. 여자, 에세이를 만날 때》 세 번째 공저를 썼다. 당당한 자신을 찾아가는 과정에서 만난 글쓰기 글벗 프로그램을 통해 공저까지 출간한, 10명의 글벗작가와 함께 할 수 있어 감사한 작업이었다.

최연우

비비엠 공저 1기 선배님들의 저자강연을 듣고, 사인을 받으면서 '환갑 전에 책을 내고 싶다'. 라는 막연한 꿈을 가졌다. 평범한 내가 같이한 9분의 작가님과 함께함으로 용기를 내니 꿈으로 생각했던 일이 이루어졌다. 내 나이 육십에 나를 마주하게 되었다. 글을 쓴다는 건 부끄러운 어제의 나를 드러내는 일이었지만 쓰면서 오히려 위로와 편안함도 경험하게 되었다. 이것이 글쓰기의 힘이다. 독서와 글쓰기로 배움과 성장을 멈추지 않으면서 멋지게 늙어가고 싶다.

한 번쯤 내 이야기를 쓰고 싶었다

여자,
에세이를 만날 때

| 초판인쇄 | 2022년 08월 22일 |
| 초판발행 | 2022년 08월 26일 |

지은이	이지선 외 9인
발행인	조현수
펴낸곳	도서출판 더로드
마케팅	최관호 · 최문섭
IT마케팅	조용재
교정 · 교열	강상희
디자인 디렉터	한태윤 HANDesign

| ADD | 경기도 고양시 일산동구 장백로 8 (백석동) |
| | 넥스빌오피스텔 704호 |

전화	031-925-5366~7
팩스	031-925-5368
이메일	provence70@naver.com

| 등록번호 | 제2015-000135호 |
| 등록 | 2015년 06월 18일 |

정가 15,000원
ISBN 979-11-6338-303-1   03810